尋找聲音

尋找聲音

孔慧怡

OXFORD
UNIVERSITY PRESS

OXFORD

UNIVERSITY PRESS

Oxford University Press is a department of the University of Oxford.
It furthers the University's objective of excellence in research, scholarship,
and education by publishing worldwide. Oxford is a registered trade mark of
Oxford University Press in the UK and in certain other countries

Published in Hong Kong by
Oxford University Press (China) Limited
39th Floor, One Kowloon, 1 Wang Yuen Street, Kowloon Bay,
Hong Kong

尋找聲音

孔慧怡

In Search of a Voice
Eva Hung

ISBN: 978-019-944539-4

This impression (lowest digit)

1 3 5 7 9 10 8 6 4 2

目錄

自序

　　這個集子有三組故事，副標題是「多聲道」，在這裏該先說明是甚麼意思。

　　中華民國早年白話文運動旗幟揚起之後，中國的書面語就開始從文言過渡到白話，其中又以文學語言為主導。到了二十世紀中葉，以中文從事文藝創作，書寫語言基本上都是現代漢語（古典詩詞在港台兩地到了一九六〇年代還有些發表空間，可說是個例外）。我們既承教於新文學傳統，又明白文藝圈子和出版界有一定的規範，因此用現代漢語寫短篇小說是個慣例。這個集子的第一聲道，正是一般稱為白話文的現代漢語，用在「我們家的女巫」系列，寫的是現代女性的故事。

　　歐洲中古時代，思想或行為獨立的女性往往被社會以宗教迫害的形式鏟除，最常見的藉口是指控她們為女巫。時至今日，「女巫」是何等樣人，我覺得英倫海峽根西島Guernsey的說法最值得參考：每戶人家都有個女巫，不論在家裏還是在辦公室，她事無大小一手包辦，還要照顧老

人教導小孩，週末更投身林林總總的慈善活動；常人每天只有二十四小時，如何能做這許多？所以説，她們肯定是女巫。

現代漢語並不是「我手寫我口」：中國民族多，方言和語種更多，用中文創作的人大多數各有母語，而文藝植根於個人和社群經驗，用母語説話活靈活現，換成現代漢語是否就隔了一層呢？小説人物要寫得活，得有獨特的語氣。我在香港出生，大半輩子活在香港，經常聽到香港人用廣東話講自己的際遇，因此到了要寫地道的香港故事「閒話家常香港人」時，腦子裏浮現的就是廣東話——這個集子的第二聲道。

「閒話家常香港人」寫香港一九六〇年代至今的小人物和小故事，基本上都是真人真事，我寫的時候，就像有人悄悄在耳際話當年。

文學語言跟日常用語不同，不但經過作者錘煉，而且有深厚的底氣——不妨泛稱為文學傳統。學習寫作的基本入門方法是「讀」，讀的是文學傳統中大家認為傑出的作品，俗語所謂「熟讀唐詩三百首，不會吟詩也會偷」，正好説明這一點。嘗試寫作的人除了受生活經驗影響之外，也受自己熟悉的文學傳統規範，這當然包括作品的語言了。

我跟很多同代的香港人一樣，在還未了解「母語」為何物的年齡，就開始學習另外兩種語言——中文書面語

和英語，這決定了我會接觸甚麼樣的文學傳統。和大家可能有點不同的是，我從小愛讀的中文文藝書並非現代文學，而是宋詞和《紅樓夢》，到了嘗試用中文寫小說時，選材也就偏向古代傳統——「佳人．傾國．新編」可以說是女性主義的故事新編。既然人物和社會背景是古代，那麼以古典白話為敍事語言不就順理成章嗎？所以這個集子的第三聲道是舊白話——類似中國說書傳統的語言。

大家可別以為這有甚麼大不了，試想優美的粵劇作品不都是用這樣的語言嗎？還有在香港無人不曉的許冠傑名曲：「俯首低問：何時何方何模樣；回音輕傳：此時此處此模樣。何須多見復多求，且唱一曲歸途上……」古典白話向來是香港文化的組成部份。

其實我嘗試寫小說還有第四聲道——英語，原因是從十來歲開始認真地看閒書，接觸的都是英語原著或翻譯，在這大染缸浸了幾十年，腦子裏的小說形制不免受影響。但這個集子不收英語作品，可以按下不表。

*

一個人因為環境或背景關係，用不同的語言應付不同的情況，相信所有在香港出生或長大的人都有同樣的經驗；說不準你的經驗比我更複雜。畢竟我的母語是廣東話，也就是香港社會日常通用的語言；假如你也是華裔，但家裏講的是中國別省的方言，比如潮州話、客家

話、閩南話、寧波話等等，那麼你在母語之外要使用的語言就有三種了；至於本港各少數族裔，他們面對的門檻就更高了。

相對於日常生活按不同環境用不同語言，選擇文學語言的考慮可能更多一點，小說題材和敘事語言相配，只是其中之一。文學傳統和教育規範都傾向正統，鼓勵用現代漢語，不鼓勵文言、白話夾雜，更不鼓勵廣東話與現代漢語夾雜，這決定了我們選擇甚麼作為文學語言——特別是起步的時候，想作品能發表，多半會踏着前人的步子，按照現行的規範。即使累積了經驗，也有別的考慮讓我們不想「妄動」。

大概是一九九九年，我在巴塞隆納和翻譯界的朋友談起寫作，就觸及要害。巴塞隆納是巴斯克的中心，而巴斯克是西班牙離心力最強的地區，文學語言有強烈的政治意味，因此朋友一直追問，為甚麼廣東話不是香港的首選文學語言？我為甚麼不用純粹廣東話寫作？

我當時的回答是，我會把廣東話的詞匯加插在作品中，藉此帶出香港的本土味，但不會單純用廣東話敘事，原因是我不希望作品的讀者只限於廣東話的語區。另一個原因是，中國文學創作受政治支配已經太久了，從古代的「文以載道」到現代的甚麼光明面、陰暗面，都是捆綁寫作的條文，能不能讓作者光從寫作的角度做選擇呢？

每篇作品都應該有它獨特的聲音，而寫作是條尋尋覓覓的道路，要找的正是那恰如其份的聲音。

說這番話的時候，我絕對沒想到十七、八年之後，

自己會寫出純廣東話的短篇小說。但這個選擇依然是通過尋找聲音而得來：「閒話家常香港人」整個系列都是獨白式的敘事，在《城市文藝》陸續刊登時，有廣東話和國語兩個版本，就是為了證明不同的聲音會帶出不同的味道和色彩。

　　幾個月前，我在小思的文集裏看到她一篇舊作，寫到她告誡學生寫作時要避免廣東話和現代漢語夾雜，其中一個學生很不服氣，追問為甚麼不能用廣東話寫作。小思的答案是·假如你能用純粹廣東話來寫，那自當別論·她說明了「刻意為之」和「雜七雜八」的分別，同時也指出純粹以廣東話寫作的困難。「閒話家常香港人」的經驗讓我對此體會甚深。

＊

　　我從不認為自己是寫小說的材料，想不到斷斷續續寫了近三十年，歸根究柢，得感謝四位香港文藝刊物的編輯：劉以鬯、顏純鈎、陶然和梅子。要不是他們，這個集子裏起碼有一半故事會永遠滯留在作者潛意識的暗角，不可能冒出頭來，找到屬於它們的聲音。

　　除此以外，還得特別感謝我的舊同事周綺華。自一九九○年代起，她一直義務替我做文字處理和校對的工作，也是我所有小說的頭一位讀者。

　　我一向慣用拼音輸入法，這個「壞習慣」往往引出很多同音錯字，讓出版社傷透腦筋，在這裏得向牛津的林道

群先生和其他同仁賠個不是。友人余健强、樊善標、丘青如和蔣之涵協助此書的電腦和校對工作，衷心感謝。

我的母親本是個摘星攀月的人，一生雅好文學，因為早婚，心力都用在兒女身上。謹以此書獻給我的母親。

I 我們家的女巫

（現代系列）

天要下雨

「各位市民請注意：香港天文台已於凌晨一時四十分掛起三號強風訊號，表示有⋯⋯」

她在床上翻了個身，張開眼睛盯着天花板。她不知道「各位市民」聽到這風暴消息有沒有馬上從床上爬起來去「綁緊棚架」，諸如此類，不過起碼她這位市民依舊躺着不動。才不過三號風球。怎麼不來得猛些？

根據過去的經驗，選擇在週末訪港的颱風只是過客而已，絕不會真的登堂入室。當然，這是個討厭的過客。首先是讓電台徹夜不停地「嘟 —— 嘟 —— 嘟 —— 嘟 —— 嘟」，報道颱風消息，讓你睡不好覺，然後等到天亮，風大爺登陸去也，可不會忘記臨去時尾巴一擺，呼來傾盆大雨，各位市民的週末好節目也就告吹了。

想到這裏，她不禁露出一絲笑意：三號風球也行呀。她這位市民沒有甚麼好節目，不過她母親的好節目可就要吹了。

母親有甚麼好節目？昨天傍晚在廚房做飯，聽到電話響，就飛也似的衝出客廳搶着接，嘰咕嘰咕地說了半天，

才喜孜孜地回到廚房繼續做飯。晚飯後，連電視劇也不看了，跑進臥房差不多半個鐘頭，終於拿出兩套衣服，不知有多小心地熨得非常平滑，這才倒了杯茶，回到客廳來，滿臉笑容地自己跟自己哼粵曲小調。

母親自然不會跟她說是誰打來的電話，又或者是約了誰，要到哪兒。不過，她自己心中有數。這大半年來，家裏的生活變化也實在太大了。本來好好的三個人，她和爸爸上班，母親在家裏做家務，日子過得規規矩矩。八個月前，爸爸去世了，本以為生活要變得更安靜了，誰知母親竟然在短短幾個月裏換了個人似的。從前怕事、畏縮，連家門也不願踏出一步的六十多歲女人，忽然一天到晚都有電話找上門來，不是甚麼社區中心姑娘，就是甚麼粵曲班同學。她漸漸發現，在她上班的時候，母親的活躍程度不下於她學校裏那些十五、六歲的小女孩。

青春期的女孩子，在外聯群結隊搞新花樣，這點和她母親一模一樣。母親不知道甚麼時候跑到社區中心，參加了一大堆興趣小組，認識了幾個和她一樣已經六十好多歲的同伴，自此以來，言行舉止就變得和她學校裏的青春期小女孩可相比了。儘管她們的興趣和小女孩不一樣，但表現興趣的方式實在看不出甚麼大分別。

說到底，母親的私人生活自然輪不到她管，但回想父親去世以前的情況，她總是感到莫名其妙：一個這麼怕事，連話也不多說一句的女人，一個在別人面前只是眼觀鼻、鼻觀心的女人，怎麼會在喪夫之後馬上變得充滿活力，急不及待地去結識了一大群陌生人呢？

爸爸患的是肝癌。聲如洪鐘、果敢決斷的一個人，短短三個星期就去世了。從爸爸病發到入院，母親一直手忙腳亂，除了每天躲在廚房煮湯、煮粥，大小事情一點也不敢做主。誰會想到，爸爸死後不過兩三個星期，她就一改常態，變得像個十幾歲的頑皮小孩，一天到晚想着跟人上街去玩？

青春期的女孩最難應付。她學校的學生已經夠麻煩了，誰知現在回到家裏，竟會對着一個和學生處於相同狀態的母親！

到底是不是每個人在青春期都會有讓人討厭的表現呢？她想起自己三個兄弟，的確從八、九歲到十七、八歲都非常惹人討厭。可是她自己倒從沒有類似的表現，在父親眼中，她一直是最乖巧安靜的孩子。整個中學階段，除了必要的課外活動，她甚麼也不參加，當然更是無黨無派，每天下課就回家，直到進了師範學院，也很少和同學聯群結隊地四處遊玩。對她來說，在家裏熟悉的環境看書、看電視，要比跟半生不熟的人一起舒服多了。

爸爸當然了解，有這樣的女兒是他的幸運。別的不說，她是家裏三個男孩的好榜樣。不管誰犯了規，爸爸都會舉她為例，稱讚一番，讓犯規的人感到羞愧。曾有一段時間，爸爸看她的時候眼神帶點擔憂的色彩，那是她二十七、八歲以後吧。有那麼五、六年光景，爸爸好幾次帶點尷尬地問：「怎麼星期天還在家裏看書？不和朋友出去玩嗎？」她怎會不明白這話背後的意思？不止一次，她聽到父母在晚上悄悄說起自己，說她怎麼「沒有朋友」。

也許他們甚至商議過，要在親朋戚友群中給她物識一位夠格的「朋友」。這種情況當然讓她不愉快，正因他們不明說，她連爭辯都不可能。

說坦白的，她並非從小就打算要做個「單身貴族」。她這輩的女子，從小聽人說「嫁不出，攝灶罅」，或多或少都有點心理影響。從那樣的基礎，走向「單身貴族」的光明大道，可不是一年半載的事。

人畢竟是習慣的動物。從二十多歲到現在靠近四十歲，十多個年頭裏，她那套早上七時回學校、下午五時半回家的生活方式，不但讓父母接受了，覺得女兒獨身也無不可，更讓她本人感到獨身生活特有的安全感。當然，她偶然也會有浪漫的情緒，特別是看了某些愛情小說和言情電影之後，也會覺得心裏酸酸痛痛，很想有個強壯的人抱着自己。那樣的時候，她就提醒自己要冷靜，看看身邊的女同事和朋友如何拼命周旋在事業、孩子、丈夫之間，似乎女人天生就得不斷做出犧牲。

這樣的觀察，讓她感到不談戀愛可能是經驗上的損失，但不能說是人生的缺陷。她很有自知之明：缺乏吸引異性的天生魅力，五官端正但不漂亮，更別說甚麼風情了。到了三十出頭，同齡的男子多半已經結婚，她既不可能吸引比自己年輕的男人，更不是做第三者和外遇的料子，犯不着為了戀愛這回事，去冒身心受傷的危險。反正今時今日的香港，像她這樣四十靠邊的女子過獨身生活，可說是名正言順，連父母也不再給她壓力了，偶然來自親戚的閒言就不過是封建的蒼蠅罷了。

儘管如此，她也有感到不平的時候，不為別的，就是她三個兄弟都結了婚，大概私底下很高興家裏有她這個「老姑婆」，因為這樣，他們就不必擔憂父母的日常生活了。這讓她想起十八、九世紀的英國中、上流社會，也常有一個獨身女兒陪伴父母，反正大概十多歲，樣子長得不討男人歡心的，就定了這樣的命運，侍奉父母百年歸老後，去給兄弟帶小孩，做個有實無名也無薪的管家。

　　這樣的聯想讓她生氣：她可不是活在封建社會的女子，兄弟們憑甚麼認定她要過封建式的生活？這種情緒讓她對兄弟們的子女只抱着好奇心，沒想過要投入深刻的感情。在家裏她也極少做家務，反正母親的責任就是全職主婦，她和爸爸又何必插手呢？現代女性畢竟和十八、九世紀的姑娘不一樣，即使不結婚，也沒必要給別人當管家。和父母同住，出外工作的是她和爸爸兩人，所以他們是名正言順的一家之主，這是誰也不能推翻的事實。

　　想到這裏，她忽然煩躁起來，扭開床頭燈，看看鐘，還差兩分鐘就六點了。她決定起床，想到廚房泡杯紅茶，誰知打開房門，就看見母親坐在電話旁，察覺到門響，回身看着她，接着很快地向聽筒說了一句話，就放下了電話。

　　兩人對視了一會，母親說：「這麼早就起床了？今天不用回學校呀。」

　　她似笑非笑地回答：「你也很早呀。像這樣大風下雨的日子，還得一大早就跟人家聯絡嗎？」

　　母親有點不好意思地說：「年紀大了，睡不沉，也醒得早。」

她忍不住對母親說：「你也不便這一大早打電話給朋友吧。人家可不像你那樣自由自在，小心吵醒了人家全家！」

母親訕訕地帶開話題：「既然起來了，我給你做早餐吧。」說完，也不等她回答，就跑進廚房去。

＊

「家姐呀，你怎麼搞的！現在才八點半，外面風大雨大，明知大家都不用上班，你這麼早打電話來，想催命嗎？」電話裏傳來二弟還沒完全清醒的聲音，一連串的抱怨，正是他的性格。她不明白像二弟這樣的男人，為甚麼竟然會有幾個女人搶着要，拖拖拉拉，終於和其中一個結了婚，還有另外兩個死不放手，鬧得一塌糊塗。難道這個世界真的沒有好男人，以致那些非戀愛結婚不可的女子不得不降低條件，到垃圾堆撿破爛？眼看這種情況，她加倍明白，做個獨身主義者是最明智的選擇。

還沒到九點，她已經打了三通電話，把大哥、大弟和二弟都召回家來吃中飯，還讓他們把太太兒女全都帶回來。安排好了，她才跑進廚房告訴母親：「家裏三個男丁都說回來吃中飯，今天既然不用上班，正好安排一天家庭樂，對嗎？」

母親聽了，猶豫地問：「都約好了嗎？」

她笑了。「自然是約好了。不過，你要是不願意，可以打電話告訴他們，說你沒空，讓他們不要回來。」

母親馬上說：「哪裏的話！我怕的是家裏食物不夠，菜市場又不知有多少攤子還經營，可能要吃罐頭。」

她轉身離開廚房，臨走時拋下一句：「都是你的兒孫，吃甚麼還不都聽你的？」

＊

下午兩點鐘，正如她老早預料到，天文台已取消了所有颱風警告，連雨也竟然只是飄飄忽忽地灑。她家的客廳本來面積不小，坐了三個大男人和他們的子女，忽然顯得侷促起來。廚房裏大哥和大弟的太太搶着洗碗，母親站在一旁笑容滿臉，她覺得完全沒她的事，乾脆跑回客廳坐下。過了一會，母親也出來了，站在廚房門口看着四名子女，風趣地笑起來，說道：「你們三個男的，吃飽了就癱在椅子上，每人頂着個啤酒肚，真不像話！看來簡直比我還像老人。」

這時大弟的太太從廚房出來，笑着接口：「是呀，奶奶，你的確看來精神愉快，比從前年輕了很多。他們這些還未步入中年的男子，在你面前應該感到慚愧。」

她看着大弟的妻子，心裏湧起幾分厭惡。每個月才回來兩三趟，家裏發生甚麼一概不知，卻總愛莫名其妙地插口，亂七八糟地胡說。她又想到二弟的太太，好幾個星期沒見人，今天也不出現，大概又是為了二弟的風流賬鬧翻了。這些結了婚的女子，怎麼老是給人添麻煩呢？

那三個頂着啤酒肚的男子，似乎真的覺得母親的話很有趣，嘻嘻哈哈地笑了一頓。接下來，大弟和兩個侄子玩砌圖遊戲，二弟則和大哥有一搭沒一搭地講股票投資，她樂得做個旁觀者。

門鈴突然響了起來。母親、大嫂和弟婦都在廚房，她正想站起來，大弟已經跑到門邊了。進來的是海叔，剛好母親這時也從廚房走了出來。她看到母親的表情，感到胃裏翻騰。

海叔看到滿屋子的人，有點意外，像宣告甚麼似地高聲對大家說：「怕颱風會吹壞了你們天台的盆景，所以上來看看。」

大哥和二弟看見海叔，馬上站起來讓座，請他先喝茶。廚房裏兩個已婚女人也急忙跑出來，和這位老爺的好朋友打招呼。母親站在一旁，雖然有點手足無措，但滿面笑容，一副喜出望外的表情。她一直坐在椅子上，沒站起來，胃裏翻騰的感覺更厲害了。

大哥和大弟從小愛跟海叔去爬山和游泳，和他感情特別好，一見面就說起小時各種頑皮勾當，兩個小孩在旁聽得高興，拉着大哥的手取笑。她從小文靜，沒跟海叔出去玩，但海叔也會送她一些精緻的小玩意，像動物形的橡皮膠、米老鼠原子筆、還有香味記事本……。海叔是跟爸爸一起從鄉下跑到香港的老朋友，看着爸爸結婚，也看着他們長大，應該很清楚這是個規規矩矩、完完整整的家。

她站了起來，對母親說：「既然海叔來了，說要看盆景，趁現在雨停了，應該先到天台看看吧。」

母親看着她，帶點討好的笑意說：「還是你想得周到。阿海哥，就麻煩你去看看吧。」

大門剛關上，大哥和二弟又聊起天來。她忽然氣不

過來，高聲罵道：「你們是真糊塗還是假糊塗？媽媽跟海叔到底怎麼回事，都看不出來嗎？」

屋裏忽然靜了下來，兩個孩子定眼看着平常不多話的姑姑，不敢作聲。他們覺得姑姑一向脾氣古怪，絕對不能開玩笑，因此姑姑發怒，可不能小看。大家靜了一陣子，還是大哥先開口：「你誤會了吧。海叔看着我們長大的，爸爸去世了，他覺得有責任偶然來看看媽媽，幫忙打點瑣碎的事，很平常嘛。你犯不着這樣精神緊張。」

她盯着躺在沙發上那二個軟皮蛇似的男了 這就是爸爸的兒子嗎？爸爸的位置就靠他們保護嗎？她硬壓下肚裏的怨氣，冷笑說：「大哥，你們三個人每月回來多少次？這裏發生甚麼，有誰進進出出，你們能知道多少？」

屋裏一片沉寂，誰也不開口。她看着窗外，天黑黑地壓下來，大雨洗滌過的玻璃窗出奇地乾淨。她覺得自己可以從附近鄰舍的大窗看透每家每戶的故事。每個故事都有這個場面：一家人坐在客廳裏，一言不發，束手無策。

這時，一直站在廚房門外的大弟太太忽然開口了：「我不明白你們擔心甚麼。奶奶活到六十多歲了，她年輕時的事我知道得少，但從她來香港以後，可以說捱了幾十年苦，一輩子沒有為自己活過。也不說她現在只是跟海叔有點往來，即使她真的要談戀愛找個老伴，又有甚麼不好呢？」

話還沒說完，她和三個兄弟就一起瞪着大弟妻子。她心裏氣極了：早知道這女人愛胡說八道，想不到會這麼離

譜！眼看大哥和二弟都不作聲，大弟更不用説了，她覺得自己有責任維護家庭尊嚴：「阿嫂，我們這個家是爸爸一手挨出來的，要是説吃苦，大家都吃過不少苦。你運氣好，父母健在，我希望你設身處地想想，不要隨便説這種風涼話。」

大弟妻子聽了這番話，氣得臉也紅了。她深信人應該理智，要明辨是非，所以她堅信守寡的女人有權選擇自己的幸福。但眼前的情況，為了不讓丈夫難受，不能爭論下去。何況剛才大姑的話已經有人身攻擊的味道了，要是再辯，豈不連自己的父母也拉下水？想到這裏，她淡淡地説：「我不認為任何人有權去管另一個成年人的事。阿偉，我們回家吧。這件事只有讓你們兄弟姐妹自己慢慢商量。」

大弟站了起來，含混地不知對誰説：「以後再説吧。」接着邊走邊看着她，安撫道：「家姐，別擔心了。」

大弟和他妻子剛出了門，大哥、大嫂也站了起來，商議道：「既然下了風球，補習老師應該會來上課的呀。我們還是回家吧。」

二弟也趁機會做出一副看手錶的樣子，高聲説：「我還約了人呢。大哥，我們一起走吧。你可以送我到中環嗎？」

三個成年人煞有介事地催兩個小孩趕快收拾東西，然後擾攘着出門，三張嘴齊聲説着和孩子有關的芝麻綠豆事。她在旁看着，默不作聲。從小她就不愛參與兄弟們的

遊戲或胡鬧，很多時候他們三個男孩聚在一塊，神神秘秘地商議，不知要搞甚麼花樣，只要看見她進來，馬上噤聲，就好像忽然在她面前豎起一堵牆。那是小時候的事，當時她只是奇怪，怎麼男孩子都那麼幼稚。現在這堵牆又出現了，她卻不再是個小女孩，不能跑去跟爸爸投訴：「他們三個壞蛋又在商量鬼主意了，爸爸你也不管！」

她忽然想到，小時候和三個吵鬧的男孩一起長大，她多麼渴望家裏安安靜靜，沒人打擾她。很多年沒想到這一點了，因為很多年來，只要她關上房門，就再沒有人煩她了。現在，不會再有別人在這房子裏吵鬧了。

她想起一件毫不相關的事：幾年前，她跟班上成績比較好的學生講中國古典詩詞，挑選的都是書寫女性的詩句，其中有這兩句：「拼將丫角伴雙老，不是梧桐誓不棲。」她當時強調，女性應該擺脫傳統觀念，不一定要結婚，最重要的是堅持自己的原則和標準。幾天後，其中一個學生下課時遞上一張條子，寫了幾行新詩體的句子：

要嘛，乾脆不結婚，
但為甚麼要陪兩老過日子呢？
如果不是鳳凰似的男人，
我絕不讓他站在我這美麗的梧桐樹上。

她甚至已經忘了這個學生的名字，但卻清楚記得這四行詩的每一個字。她當時心裏笑道：小女孩式的機智！難道搬弄文字就是改變人生？

現在她卻很想知道，這小女孩走上了甚麼道路。

　　窗外仍是黑壓壓的一片，要下雨，卻不真的下雨。該到天台看看他們在搞甚麼，她想，但還是坐着不動。

　　也許她該好好體味獨自在屋裏的感覺。

鏡子

　　大學畢業那年，她撫心自問：我願意每星期工作六天，每天工作十五小時嗎？

　　不。

　　我願意站在黑板或者白板前，跟十來歲的孩子打一輩子交道嗎？

　　不。

　　我願意多花五年至八年的光陰，去多唸兩個學位，將來做個專家、學者嗎？

　　不。

　　我介意處身龐大的機構，按照許許多多的條文規矩來處理源源不絕的公文嗎？

　　不，她不介意。正相反，條紋規矩是人生的斑馬綫、安全網，而她是個循規蹈矩的人。

　　所以她不是商界精英，不是中學老師，也不是專家學者；她選擇了當公務員。當然，她選的路也得選她才行。還好，像她這樣願意面對自己的人，總有一份聰明和透徹，而加入行政級公務員隊伍的考試，本來就是為了招攬

這樣的人 —— 這也正正顯示我們的社會制度非常健全。

她真的很願意面對自己，不光是抽象的面對，也是實質的面對，所以她愛照鏡子。大家都知道，嬰兒在出生十四周左右才開始看得見鏡中的影像，還好她的記憶力沒有跨過這緊要關頭，因此自她有記憶以來，她一直熟悉鏡子中的自己。

這對她的性格發展實在太重要了 —— 鏡子一直給她無可比擬的安全感。可別誤會，她不是那種沉魚落雁、閉月羞花的大美人，也沒有雪姑後母獨艷天下的野心。不，過分的東西就是違反常規，就是不正常，連美也不例外。她是正常的。搖搖學步的時候，她是個「趣致」的娃兒，上小學以後是個「可愛」的女孩，上中學開始有人說她長得好看，但決不是在街上引人吹口哨那種好看，而是端正的五官透着低調的嫵媚；也就是說，她是那種愈看愈好看的人。這點她當然了解，要不然她也不會那麼愛照鏡子了 —— 從小鏡子就沒讓她失望過。

一個長得相當聰明、相當好看，而又循規蹈矩的女孩，自然不乏追求者。大學時，她有好幾個玩得來的男同學，但她警覺性高，從來不讓任何人認為她是在「接受追求」。這時期她照鏡子的次數可能是一生中最多的了：鏡子裏的人有時候癡癡地發呆，有時候莫名其妙地眼中含着淚水，更多的時候只是甜甜地笑。不管是發呆，是含淚，還是笑，鏡中的影像總是無瑕的，所以她覺得很安全。如果你所見的總是跟預想的一模一樣，那麼你一定了解這安全感給你的那份微妙的平衡，有點像

半醉，也有點像做夢——當然是個心想事成的夢。

接下來，她大學畢業了。就像上面說到的，她非常理智地面對自己，在事業上作出明智的選擇。同時，她慈愛又理智的母親對她作這樣的忠告：「早婚固然不好，太晚結婚也有問題，頂好是工作三、四年後結婚，再過兩年生小孩，不論考慮經濟狀況還是身體狀況，這都是最理想的。」

一個受過高等教育的聰明人，自然不會聽任母親擺佈，但她是個明理人，不會不懂得母親話裏包含的智慧，於是她開始注意身邊出現的適婚男子。這和唸書時找男同學做玩伴不一樣；她很清楚婚姻不是為了好玩的。

很多人都說夫妻有夫妻相，那是說外表；她終於看上的男人跟她有內在的夫妻相。他是個會計師，中等家庭出身，孝敬父母，友愛兄弟，與朋友交，也不外是從酒樓到酒吧，又或是從酒吧到酒樓，是個絕對循規蹈矩、健康正常的人。

他向她求婚，完全按照大家心目中的規矩辦事：大酒店西餐廳靠海的桌子，十二朵紅玫瑰，一枚兩卡拉的鑽石戒指，和鋼琴手預約了彈奏Love Story，桌上是柔和的燭光，窗外是隔着玻璃看似柔和的霓虹燈光。他說話了；她當然不會感到驚訝——今天不是她生日，不是情人節，也不是別的需要有這陣容的日子。她知道他的習慣，所以就有了心理準備。儘管如此，到他真的開口時，她還是流露出幾分腼腆，別過頭去，沒有面對他。

她的目光正好落在餐廳裏暗灰色的大鏡子上。鏡子反

映出燭光照耀着的她和他，顏色暗啞，像古老的、有點發霉的黑白片子。不！這該是她一生最浪漫的時刻，怎麼會這樣死氣沉沉呢？她定睛看着鏡子 —— 她最信任的東西 —— 鏡中的她竟然向着她笑了起來，嘴角和眉心那明顯的皺紋因為這無奈的笑變得更深了，但她的眼角是沒有皺紋的；她知道，從不開懷大笑的人眼角是沒有皺紋的。她倒抽了一口冷氣。鏡中的她同情地、無奈地笑着，對她做了個手勢，點了點頭。

她坐在那裏，嚇呆了。這不是鏡子嗎？怎麼會出現這樣的東西？她伸手摸着自己的眉心，自己的口，手在發抖。她的老態，他看見了嗎？他專心一意等着她回答，有十足把握。有甚麼比這更理所當然呢？她看來有點慌張，甚至是失態 —— 也許女人對這種場合的反應都是這樣吧？

「怎麼樣？」

那鏡子！她張開口，可是沒說出話來。桌上的玫瑰是艷紅的，戒指是閃亮的；她偷眼再看鏡子，鏡中人也偷眼看她，眼裏有點惶恐，但臉上沒有一絲皺紋。也許剛才只是幻覺，眼前看見的才是真的。她伸出左手，戴上了戒指。

他們的婚禮是隆重的。為甚麼不？反正一生只有一次。別人怎麼看待婚姻是別人的事，她和他都是極認真的。中式的接新娘、敬茶、拜祖先、大宴親朋，西式的上教堂由神父主禮、設茶會、酒會，他們全來，而且一絲不苟，足足忙了三天，才把這又中又西的整套儀式弄完。

三天裏她換了十二套衣服，補了不知道多少次妝，每次站在鏡子前，都有點膽怯，但除了疲累的眼神以外，她沒看見甚麼讓她不安的跡象。大家都說他們是天作之合，幾百個人的眼睛難道還不可靠？

　　婚後她除了依舊稱職地當她的公務員以外，也努力做個稱職的主婦。說是兩個人的小家庭沒甚麼家務，只僱了個鐘點菲傭，每星期來打掃三天，洗熨衣服，餘下的就只有做飯了。他既是個保守的人，她又刻意做個好太太，所以每天早晚兩頓總是由她張羅。不會做飯不要緊，電視上有的是教人做飯的節目。她每隔一兩天就上菜市場，起碼也上超級市場。

　　這天她從超級市場出來，手裏也不過拿着兩個大塑料袋——六罐啤酒、一瓶葡萄酒、一瓶一公升的汽水，再加上兩三種水果；他每天下班後愛喝點酒，她自然也得照顧到——不知怎的，手裏的東西好像沉得拿不動了。她在超級市場門外稍停了三、四秒鐘，定過神來。對街剛好有兩個人抬着一面鏡子，橫過斑馬綫，就那麼幾秒鐘，鏡子正對着她。

　　鏡裏的人弓着背，揹着個極大的包袱，手臂和脖子上的青筋明顯地突出。包袱一定很沉，但那灰濛濛的大麻袋到底裝着甚麼，誰也看不出來。鏡中人抬起頭盯了她一眼——這跟上次那張鏡子裏的臉不一樣，沒有皺紋，卻滿含着怨氣，盯着她的眼睛溢出恨意來。

　　只那麼一瞬間，抬着鏡子的人已走過了，但她卻被釘在路邊似的，一動也不動。上次是幻覺，難道這也是

幻覺嗎？鏡裏就是她的臉，就是她的眼睛，但卻又不是她——她從來沒有這樣的怨氣。那副毒恨着人的面孔怎麼可能是她呢？

馬路旁停着一列汽車，汽車的倒後鏡在陽光下閃出刺眼的白暈。她針扎似地跳了起來，衝向其中一輛汽車，俯身看那只有幾平方寸的後鏡。鏡裏是一雙睜得很大的眼睛，透着驚慌，除此以外，沒甚麼異樣——鏡中是她的眼睛、她的臉。也許她只是太累了。

自那天起，她有點刻意地迴避鏡子，連家裏的梳妝鏡也用布蓋了起來。她倒不是怕照鏡子，怕的是無意中瞥見鏡子，不知又會產生甚麼幻象。日子還是那樣過：上班、下班、買菜、做飯，只是在買菜和做飯之間的時間有點變樣了，她總感到坐立不安，有幾次竟然偷偷去掀起鏡子上的布，扮演一副怨毒的表情。

一天她在廚房裏剛做好了飯，拿起不銹鋼的鍋，正要放在水槽裏，那光滑得發亮的金屬映出一張臉來——緊抿的嘴唇畫着恨意，皺起的眉寫着不平，眼睛溢出怨氣——這是她的臉，她一看就認出了，心裏有股怒火要衝出來，但不知哪裏堵住了。她把手裏的鍋使勁扔出去，接着隨手抓起水槽裏的碗碟，扔到地上砸得粉碎。

過了幾分鐘，他拿着報紙走進廚房，看到滿地碎片，她站在一角一聲不響地流淚。他不解地皺着眉問：「你是要生病了吧？明天看醫生去。」

醫生替她做了些基本的檢驗，兩個小時後她回去拿報告：恭喜你，你懷孕了。

懷孕時期荷爾蒙分泌可能有明顯的改變，影響食慾、睡眠、喜惡和脾氣，這一切都是正常現象，不必憂慮。

荷爾蒙也會讓人瞥見鏡子時產生幻覺嗎？

她沒問，反正醫生說她一切正常：血壓高、血糖高、脊骨疼、手腫腳腫，全都屬於正常。

她已習慣了鏡子裏的怨恨臉、愁苦臉和茫然無助臉，有了心理準備就不再吃驚了。只是有一次看到一張新臉，嚇了一跳，那是個鼓着大肚子的女人，她有一張空白的、完全沒有五官的臉。

隨着她的肚子日漸脹大，鐘點傭人來的次數也不斷增加，到她進醫院的時候，家裏已有個全職的菲傭了。

生產很正常，也很順利，這是醫生的話。說是無痛分娩，她覺得應該叫做無力分娩：腰間以下的肢體忽然沒有了，護士拼命叫她用力，雙腳要撐着。腳？哪兒有腳？偶然聽到別人又叫又喊，她忽然想：怎麼還有力氣喊出聲音來？

在她這兒喊出聲音來的是娃娃。濕漉漉、紅彤彤的小東西。護士問像誰？

像隻小動物。她無氣無力地算是笑了一下，不作聲。

公家醫院的頭等病房設備齊全，像大酒店的房間。嬰兒床就放在產婦床的旁邊，他一下班就來供奉神壇似的對着那小床，笨手笨腳地逗初生的兒子。她沒有看鏡子，但她知道鏡裏的臉寫着厭惡。

專門教導新人媽媽照顧嬰兒的護士對她說：很多時候，做母親的要跟孩子接觸了兩、三天，才開始有「母

愛」的感覺。剛做母親的人感到煩躁，是很正常的。

　　她聽了暗裏吃驚：難道鏡子裏那張臉的表情竟印了在她臉上？不然護士怎麼會跟她說這樣的話？

　　睡眠不足、腰痛、背痛、傷口痛成了常規，醫生護士紛紛說這些都是正常現象，到孩子大一點就會好了。她笑笑，不作聲。在醫生的眼鏡玻璃上，她看見那些熟悉的臉。要是他們也能看見的話，又會怎麼說呢？

　　這天他的姐姐帶着五、六歲大的兒子來看新娃娃。那孩子又黑又胖，像顆巨型跳豆，沒有一秒靜下來。她被吵得頭痛欲裂，看他的姐姐沒事人似的，心裏就更煩了。轉過身去，想躲進廁所，卻在玻璃窗上瞥見他姐姐的臉——氣憤、厭惡、無奈、怨氣衝天的一張臉。她靜靜地對着這張臉，感到很親切，嬰兒的哭聲，侄子的吵鬧聲都聽不到了。

　　第二天她出院了。正如醫生說：一切正常。

她的屋子

安娜在皮製的安樂椅裏坐直了身了　椅了太大，她的身形太小，坐着一點也不舒服。但這擦得閃閃生光的牛皮椅子，總要吸引她坐上一、兩分鐘。她站起來，走到三座位的沙發椅那邊，隨手拿起一個綉花圓墊作枕頭，索性半躺着。下午的陽光從大玻璃窗折射進來，在米白色的天花板上描繪出一絲一絲波浪似的弧影，看來真像清雅的牆紙花紋。

她想起小時候天天大清早到沙灘揀貝殼，波浪在白沙上就是畫下這樣的弧綫。對，這是最漂亮的牆紙花紋。

這屋裏不能用牆紙，只能掃上特製的乳膠漆，那種用水一抹就可以把污跡抹掉的新產品。也只好這樣吧。屋裏有兩個小孩，大的九歲，小的五歲。也不能説他們特別頑皮，只是這個年齡的孩子都有把地方弄髒的超能力——連電視上的廣告也教人一定要用這種頗為神奇的乳膠漆。由此證明，所有小孩都認為在牆壁上塗畫是他們天賜的責任。當然，他們塗畫的不光是牆壁，但畢竟米白色的牆壁上有任何污點，都要比別的地方顯眼。

如果沒有小孩，這屋子大概可以換上另一副模樣。就說沙發吧，絕對不必用黑色，而且要是由她挑選的話，也不會挑皮造的。她會選美麗的、色彩繽紛的棉布作料子。不久以前，她路過一家很大的藤器傢具店，看見櫥窗裏有一套別具特色的藤器沙發，配上彩藍、粉紫、玫瑰紅的抽象圖案布料，美得簡直像做夢一樣。如果有一間沒小孩的屋子，真應該配上這樣的沙發椅，而牆上當然要糊上牆紙，用最淡的粉紅色，帶着波浪暗花（她怕冷，粉紅色可以帶來暖意），太陽從大玻璃窗折射進來，染成了粉紅，整個屋子就會散發着溫柔浪漫的光輝。

　　如果這屋子只有她一個人，她會怎麼佈置呢？她把手一撥，掀開客廳與廚房之間的牆。唔，廚房要安裝整套的北歐廚具，絕不會用現在那種白色的組合——即使沒有小孩，白色也太容易弄髒了。還有，要有個正規的大烤箱；現在單靠一個烤多士的小玩意兒來充當所謂的烤箱，真不是味道。還有一點少不了：水槽得有兩格，雖然是浪費一點空間，可是合規格的廚房怎能沒有像樣的水槽呢？

　　她的目光回到客廳來。這空間該怎麼辦呢？她伸手一撥，乾脆把房子的間隔都掀開。八百多平方呎的房子，所謂的三房兩廳，其實客廳和房間都實在太小了。這樣吧，拆掉兩面牆，把最小的房間跟客廳打通，起碼要有足夠的空間讓她邀朋友來喝茶、吃飯、唱卡拉OK。對！這樣客廳還會多了一面大窗，陽光射進來，溫暖浪漫的感覺就更強了。

　　想到這裏，她拉拉毛衣的領子，又探頭看看外面街上

的人：怎麼人家倒好像不覺得冷，還說只是秋天，她已經冷得要穿兩件毛衣了。

發了一陣子呆，她忽然想到：還有臥房呢！乾脆把現在的主人房和小孩的房間打通，這樣就有超過兩百尺的空間，最長的那面牆可以造個十呎的大衣櫃，把所有熨得筆直的衣物都掛起來：襯衫、裙子、長褲、大衣，甚至短褲也掛起來，分門別類地排列，這才叫理想。還有，得有一張很大的雙人床——只她一個人睡。現在主人房的床只有四呎半，卻睡兩個人，她想來想去都不明白，怎可能睡得安穩呢？

如果這是她一個人的屋子，起碼要皇后式尺寸的雙人床，床上所有用品都是粉紅色的，再配上粉紅的窗簾和粉紅的梳妝台，地板上自然是粉紅的地毯，這樣就可以赤着足在房間裏來回走動，即使只有自己一人，也不會聽到自己的腳步聲。

她在沙發椅上坐了起來，環顧四周，長長地嘆了口氣。獨自在屋子裏的感覺真好！沒有任何別的感覺可以取代。當然，如果屋子裏有兩三個人，大家各自關上房門，做自己的事，你也可以想像各人有自己的天地。不過，這其實並不可行。因為你總會聽到別人的聲音，總會感覺到屋子裏有別人的存在，而這些人可以忽然來找你說話，跟你談任何事情，總之是打斷你獨處的時間。他們也可能一直不來打擾，一直做自己的事，但他們會出現的可能性就足以把獨處的寧靜驅逐得一乾二淨。

她想：假如這是我一個人的房子，我每個星期會有兩

三次邀朋友來喝茶、吃飯，而我最高興的時刻，就是在她們全都離開以後，屋子從熱鬧變回寧靜，絕對的寧靜。像眼前這一刻的感受，實在太值得珍惜了。

這時門外的鐵柵打開了，孩子的聲音響了起來。她一揮手，把屋子恢復原來的間隔，從沙發跳了起來，兩三步跑到大門前，打開門，笑着說：You're back, ma'am. Did you have a good day?

剛踏進屋裏的太太讓她先把孩子們的書包拿進臥房，再弄點西多士讓孩子們吃，因為今天先生要晚點下班，晚飯到八點鐘才開始做。

她拿起孩子的書包，恭敬地回答：Yes, ma'am。

櫃

　　她想訂造一個人木櫃，就像藥材舖那種全部都是小抽屜的木櫃，但她需要的抽屜比藥材舖大得多。家裏空間有限，只能造兩個抽屜了。

　　找來相熟的木工師傅，跟他説好大小尺寸，選材料、挑顏色這些細節都交他全權處理，因為她信得過師傅的品味。再説，她看重的也不是外表。不過有一點她倒是再三強調：這個櫃必須絕對隔聲，而且要非常牢固，不管從裏面或者外面推它，都不能有絲毫搖動。

　　當然，完工後還要加上她特別配製的鎖。

　　木櫃很快就完成了。她拉開抽屜，裏裏外外敲打，果然夠牢固，相信躺着也會很舒適。抽屜關上後，絕對隔聲。

　　造一個這樣的木櫃，代價等於五年生命 —— 一點也不算貴。

　　「Batman! 登 —— 登 —— 登 —— 登 —— 登 ——

登——登！」小龍不知從哪兒衝出來，肩膀上夾着兩根晾衣服的木夾，背上拖着一條大浴巾，以五歲男孩的全部精力衝向她身上，口裏直嚷：「你係羅賓，快D跟住我後邊！」

她被兒子一頭撞向腰間，疼得聲音也啞了，連罵他的力氣也沒有，只能簡單地説：「媽咪有很多文件要看，你不要吵鬧，讓我好好工作。」

話還沒説完，小龍用手拉拉毛巾下襬，做一個淩空直上的飛行姿勢，接着從地上跳上椅子，從椅子跳上飯桌，又從飯桌跳上組合櫃，口裏依然高唱他的「登——登——登——登——登——登——登！」

她想也沒多想，趁着他從櫃頂跳下來的一刹那，打開特製的抽屜，正好把他承住，關了起來。

屋裏寧靜得很。她到廚房沏了一壺茶，拿到客廳，開了音樂，拿出文件來細細地看。已經多少年沒享受過這樣的寧靜呢？想到這裏，心中忽然有異樣的感覺，跑到櫃前，打開抽屜看看，小龍躺在裏面，睡得正香，嘴角帶着笑意，大概在做他的蝙蝠俠美夢。她的心終於安靜下來，慢慢感覺到空間和時間在這份寧靜中無限地擴展。

沒有牽掛的時空是無邊無際的。她鬆軟地往後靠，飄在沙發上，忽然聽到金屬互相磨擦，劃出了時空的界線——張開眼睛，看到剛打開大門走進來的丈夫，臉上紅紅的，顯然酒意不淺。她看看手錶：才十點十分。

「這麼早就慶祝完了？徐經理不是等了十年才升級

嗎？我還以為你們非弄到三更半夜不可呢！」

「哎，我們這群人裏頭有兩個新任老豆嘛！要回家輪班餵仔呀。大家説乾脆早點散了，反正也喝得不少了。小龍呢？」

「睡了。」

「這麼乖？奇怪！」丈夫説着已走到她身旁，手探到她腰際，頭哄過來，酒氣直往她臉上 。她拉着他的手，眼睛望向桌上的文件，心裏免不了感到一絲內疚。

「來！先來看看我今天剛訂造好的這個大櫃。」

她打開抽屜，已經頗有醉意的丈夫笑容可掬地自動躺進去，倒頭便睡。

這段日子是她五年來工作效率最高的時間，也是過得最寧靜的時間。兒子和丈夫每天醒來都顯得精神飽滿，三個人高高興興吃過早餐，各自上班、上學去。起初幾天，小龍下課後照常在屋裏到處蹦跳，她也只有在不得已的時候才打開特製的抽屜。但小龍多躺了幾次抽屜以後，似乎對當蝙蝠俠愈來愈不感興趣了，反而常常跑到大櫃前，伸手撫摸那光滑如絲的木板。然後是那個早晨 —— 她記得太清楚了 —— 兒子和丈夫從抽屜裏踏出來時交換了的眼神，又高興，又神秘，只那麼一刹那，然後兩人同時回過頭來，對她展示出最坦白的笑容。

他們的眼神和笑容困擾了她一整天。那眼神告訴她抽屜裏的世界不只是一般的沉睡，而他們的笑容卻説：這裏面的秘密，我們不會告訴你。

那天晚上，剛吃過晚飯，兒子和丈夫就站在大櫃旁，等着她打開抽屜。她猶豫；他們手拉着手，對着她笑。屋裏一點聲音也沒有，她的世界從來沒有如此深沉的寂靜。

第二天，兒子和丈夫照常出門，她卻看着大櫃，一直拖延。也許她也該進去躺一下？第三天，第四天⋯⋯她拖延的時間愈長，就愈不敢打開抽屜，但她愈是不敢，心裏就愈盼望躺進去。

她面對這個自己訂造的大櫃，又興奮，又害怕，又有點不服氣。本來只是很簡單的設想，她並沒有想過放棄責任，她很享受跟兒子和丈夫一起生活，只是想每天給自己一點點時間，這不能說過份吧？現在竟然在她的力量範圍之外伸展出一片不可知的世界，而且似乎是個神妙的喜樂泉源，兒子嚐到了樂趣，丈夫也嚐到了樂趣，她為甚麼不能親自去體驗一下呢？

畢竟這是她訂造的大櫃，是她打出來的通道。

但這通道到底會把她領往甚麼地方，她一點兒也不知道，一點把握也沒有。兒子和丈夫躺進去，有她在這邊把關，不會出事；要是她自己躺進去，誰能保證她可以隨時憑着自己的意志和願望再走出來呢？這兩個世界，一個是已知的，雖然不完美，但熟知的缺點她很容易應付，即使沒有辦法鏟除，也已經有了心理準備，再討厭也不至於害怕；大櫃通向的另一個世界如果真的帶來神妙的喜悅，她是否就可以拋棄現在身邊熟悉的一切，包括兒子和丈夫呢？

再説，萬一大櫃並不通向甚麼神妙境界，只是兒子和丈夫在挑撥她的幻想，要把她引進大櫃裏，讓她也進入沉睡，這不也可能嗎？

她想起兒子天真的喜悅眼神：五歲的小孩子是否已經會偽造眼裏的光芒呢？

她站在大櫃前，感到一股強大的吸力要把她帶進櫃裏，但腦子裏卻浮現起這個世界的種種好處，忽然很想直接問兒子和丈夫：大櫃另一邊到底是甚麼？

但她事先沒有問過他們，就把他們關進去了，現在反過來向他們提問，他們沒有義務回答。

她手裏拿着魔術鎖，徬徨地流下淚來。

山路

「我大概有多少時間？」

「七、八個鐘頭吧。好好睡一覺。可以的話，早點兒回來；下一班的人手又是很吃緊。」

她點點頭，離開病房，走回護士宿舍。七個鐘頭，大概可以完成所有要做的事吧。先洗一個徹底的淋浴，吃飯，預約超級市場送貨，打電話向媽媽報平安，和女兒講幾句話……想到這裏，她真慶幸女兒有她媽媽照顧，不用冒險天天跟她接觸。要是女兒在這段時間跟她同住，她可以管保自己必定長期失眠。

「好好睡一覺。」這是她跟同事們每天互贈的祝福。即使睡不着，起碼也該靜靜地躺着。假如連體力也撐不住，要打勝這場仗還有希望嗎？

從醫療大樓走回宿舍，只那麼一小段是戶外的路，她忽然感到陽光照在身上的暖意。她停了下來，抬頭看天空露出那一小縫的蔚藍。有多久沒看見太陽了？有多久沒呼吸到野外的清新空氣了？

走進宿舍大堂，突來的陰暗讓她感到窒息。她站在那

兒，用力深呼吸，忽然有大哭的衝動。到底要到甚麼時候才可以再過正常的日子呢？

她警覺地想起心理科同事的話：誰都會有灰色的時刻，可是如果負面想法影響到身體反應，就得小心了。

一瞬間，母親、女兒、同事都跟她相隔極遠。她領悟到自己得馬上尋找一份「活着」的感覺，否則也許不能再面對明天了。

她跑上樓梯，打開房門，衝進浴室，用最快的速度做最徹底的清潔，然後穿上襯衫、牛仔褲，手裏拿着兩個口罩、一雙手套就往外跑。當她坐上計程車的時候，口罩和手套已經穿戴整齊。她隔着口罩吐出五個字：馬鞍山，唔該。

計程車司機是一個平頭和一副大眼鏡，鼻子、嘴巴和臉型完全被口罩蓋住了。她看着司機執照上的彩色照片，無聊地想：這照片看來還挺年輕，和真人到底有幾分相似呢？不少人愛把二十多歲時的照片用上一輩子。

她在口罩後面跟自己苦笑：這樣的蒙面生活算不算是給人生增添猜謎式的趣味呢？

計程車朝着馬鞍山開去。馬路這麼寬，車這麼少，她忽然覺得空空蕩蕩，像個棉絮做的破玩偶，被撩在人生一角。司機默不作聲，到底是琢磨着回程一定沒客人，這宗生意划不來，還是接了一個剛從醫院出來的人，正在提心吊膽呢？

即使最親近的人四目交投，也不可能知道對方心裏想甚麼，何況是兩個戴着口罩的陌生人？

計程車一直往山上走，路過差不多沒人的小公園，路過「內有惡犬」的小屋，終於到了車路的盡頭。她付錢的時候，司機忽然說：「小姐，你一個人上山要小心點。帶了手提電話吧？」

她帶着微弱的笑容點點頭。下車後，忽然想到隔着口罩，笑了也只有自己知道。

她把口罩拿掉，沿着山路往上走，不到五分鐘就開始喘氣了。

灰白的天，不晴不雨，本來正適合爬山，但她抬頭看着，卻覺得很討厭：連天空也戴個大口罩，笑容看不見，眼淚也看不見。她低下頭，慢慢往上走，這段路其實並不陡，但她卻氣喘如牛。

一個多月的時間，世界變了樣。

好不容易走到山溪旁，卻不敢坐下來。她知道假如不一鼓作氣，接下來那種頭暈、腿軟、心臟在耳朵裏跳動的感覺，一定讓她不能繼續向前。

要走上那片山頂的草坪，那片可以望海的草坪，是她急切的目標。如果每天都能有個目標，只要不怕腰酸腿疼就攀得上，只要肯咬緊牙根就能熬過去，那該多好！

終於熬上去了。灰色的天忽然裂開了一道小縫，陽光從那兒擠出來，照亮了遠處一片草叢。小時候，這樣的情景總會讓她聯想到耶穌、聖母顯靈，而現在，忽然看見久違了的一線陽光，只覺得雙眼刺痛。

刺痛的感覺讓她想起昨天前夫打來的電話：「醫管局下令我們六天後開始收沙士病人。就這麼一句話，沒有設

施，沒有任何關於安全措施的指示，我們這批被安排做敢死隊的同事只有靠私人途徑收集資料。你們醫院收的沙士個案最多，經驗最好，能不能給我們一些指標，讓我們建立一套安全守則，好減輕可怕的後果？」

「你的情況還好吧？」他又問。

草坪的盡頭正對着西貢海，她站在那裏，看着山腳的「西班牙式」村屋。不過三個月前，她們一群同事曾經在其中一間房子的後園燒烤，現在那群人有四個在ICU，兩個是護士，兩個已經成了病人。

一起走了十二年的同路人。

忽然有聲音從遠處傳來。她回過頭去，但來路上並沒有人。抬頭一看，原來通向馬鞍山峰頂的小路上有兩個穿紅衣的年輕人向她招手。她呆了好一會，猛然咬着下唇，舉起雙手用盡氣力向他們揮舞。

＊

三十五歲。

女。

腫瘤科。

意大利熱諾亞醫院。

她從醫院出來，第一眼看見的就是路旁的賣花攤子，大束的黃水仙、毋忘我，還有玫瑰——地中海岸和暖的氣候把花季的界限都打破了。她看着插在桶裏的鮮花，起了一個令自己驚訝的念頭：原來斷了根還可以那樣光彩地盛放！

橫過廣場，剛好看到車站守着一輛老巴士，這種舊式巴士據説兩、三年內就要全換掉了。她升上中學開始就坐老巴士進城，難道他們這一代的事物都已經到了應該取締的時候嗎？

　　巴士離開廣場，沿着城中心最華麗的街道走下山，在火車站旁的交匯處擠上了剛下課的學生，搖搖擺擺往城外走。幾十個精力無處發洩的年輕人，就像幾十個不斷膨脹的熱力細胞，讓人焦躁不安。

　　路旁的房子不管高高矮矮、全都閉上了眼睛睡午覺，木窗柵緊緊的關着，教人幻想屋裏那份陰涼，那份安靜。這段路看不見海，但她知道海就在右邊房子的背面。只要想起海，她腦中就看見浪打在岩石上，濺出來的水花把眼前過熱的細胞冷卻下來。

　　巴士終於離開城市邊緣的建築群，進入山區。當地中海忽然湧入巴士的窗前，就是她下車的地方。

　　家是山路盡頭那淡黃色的房子。山路又窄又陡，大部份是台階，不通汽車。正因為這樣，家家戶戶都有自己幽靜的天地，園子裏各人種自己喜愛的花，但誰也少不了葡萄藤和橄欖樹。她從小就愛花園裏的活，因此也從小就看慣了各種不同的生命如何爭奪地盤，知道春天的美，原來扎根在植物你死我活的鬥爭中。石牆和台階的小縫不管多細，一定都要長出花草來，即使再細小的生命，為了個體的繁殖，也會發揮極兇狠的力量。

　　不管多麼好的草坪，一旦長出雜草，用手拔、用化學藥品殺、用剪草機剪，都沒有辦法把野草完全消滅。這是

一場永不休止的戰鬥——除非你願意放棄草坪，讓雜草完全佔領。

她眼睛看着每家每戶的花園，一步一步往上走，氣不喘，臉不紅。從小就慣了走山路，再陡的地方回頭看去，也還是一遍嫣紅嫩黃的好風景。

淡黃的房子有着開滿黃花的園地，橄欖樹在太陽下閃着白光。她匆匆走進屋裏，拿出畫架和調色盤，面向着葡萄藤外那一片蔚藍的地中海：手術、電療、化療都是一個月以後的事。

她起碼有一個月。

*

山路是紅色的，乾得像粉末，不，比粉末還要細，只能說是紅色的塵埃。路旁偶然有頑強的草叢或小灌木，也是一律的紅褐色。她走在這紅色的塵埃上，赤着腳，留下的足印淡得看不見。紅黑色的皮膚包着瘦小的腿，瘦得只像灌木的細枝。走路回家要一個多小時，她不知道一個小時是甚麼，她們的村子沒有鐘。她知道他們的國家可以看見海，但她的村子離開海很遠很遠。

在海的那邊，很遠很遠的地方，有另一個世界——那裏不是非洲。

那裏有個地方叫熱諾亞，有個地方叫香港，都寫在她手裏拿着的小紙條上，因為熱諾亞和香港有兩個阿姨知道她想讀書，要給她幫助。

她一定能學會一個小時是甚麼，也能學會海是甚麼。

以後她要每天走這條路上學，媽媽不會反對，因為學校每
天會提供午飯。

　　走着走着，她的腳步愈來愈輕，再也不沾地面的塵
埃，而是飄在紅塵之上。

　　後記：這篇小説初稿完成於2003年SARS襲港期間，
訂稿於2020年武漢肺炎橫行全球的春季。

II 閒話家常香港人

（廣東話系列）

我們就是這樣長大的

上個禮拜大家姐喺澳洲返嚟，我同佢喺灣仔飲茶，佢忽然問我記唔記得細個住喺附近。我對條街有啲印象，唔係好清楚，好似係軒尼詩道，近住鵝頸橋，行冇幾耐就到銅鑼灣。佢話：「你唔記得都唔出奇呀；連你三家姐都話過唔係幾記得。嗰時你哋都好細個。」

不過我又好記得層樓裏面嘅間隔喎。嗰時啲唐樓，分頭房、尾房、中間房，我哋一家住尾房，阿爸、阿媽加埋六個細路，我大哥、二哥每晚開牀瞓喺冷巷。諗返轉頭，佢哋細個嘅時候真係捱過嚟。我呢，就冇捱——全家就得我一個讀過幼稚園；之前負擔唔起呀。阿爸話我腳頭好，我出咗世，屋企環境就慢慢好咗啲。

好咗啲都仲係一家八口住一間房，你話之前係唔係捱呀？

阿媽成日話，我係隔離鄰舍養大嘅。記得我細個放學，中間房對夫婦好興拉我入佢哋房，一齊食飯，有時我覺得佢哋仲似係我老豆老母。我阿爸做小生意，每逢初

二、十六兩日酬神，屋企一定有雞食，但係我最細，冇得食，都係啲阿哥家姐食晒。我又冇所謂嘅，因為隔離鄰舍好多好嘢畀我食，連包租婆都好錫我。有時放學行過樓下啲舖頭，佢哋就將零食放入我書包，攞返屋企，又係分畀阿哥、家姐。每日對面麵包舖就快閂門，我就負責去買平麵包。嗰時啲菠蘿包有成個湯碗仔咁大，我每次攞三、四個，一大袋，第二朝阿哥、家姐做早餐。個個都話做細嘅好，有咩好吖？我又係冇得食。

大家姐話我細個好多次差不多畀人拐走，全靠佢哋去追番我。我話早知唔好追啦。可能拐子佬將我賣畀冇仔冇女嘅大富翁，而家係富婆囉。我都唔明點解有人拐我，嗰時係有啲人冇仔女，可能想去買個返嚟，但係佢哋都想買男仔(而家都係一樣啦)，我係女，照計冇市場吖。

不過講返轉頭，又真係好似細路女都有人買。我記得我大哥唔鍾意我姑媽，佢喺St. Paul讀中學，姑媽住銅鑼灣，阿媽叫佢去姑媽屋企食晏晝飯，佢寧願捱麵包、捱餓都唔去，因為佢唔肯原諒我細個嗰時姑媽講過嘅嘢。姑媽同我阿媽講：「你生咁多個，點養呀？好辛苦㗎。不如將呢個細嘅賣咗畀主好人家啦。我識人，會講倒個好價錢㗎。」我同大哥講，幾十年前嘅事，唔好再嬲佢啦。但係我又明嘅。佢十歲度，聽見自己嘅親人叫阿媽賣自己個妹，係好難受嘅。咁我咪又同佢講囉，如果賣咗都好喎，你哋又鬆動啲，我而家又會係富婆啦。

阿媽最錫我大哥。六個仔女，佢淨係記得大哥嘅生日，年年咁上下就話：「下禮拜你大佬生日，係孔子誕呀。」

　　我問：「咁即係邊日呀？」

　　次次畀佢鬧：「仲話讀咁多書，孔子誕係邊日都唔識。你讀咩書呀？」

　　我話：「讀英文書囉。英文書冇教呢樣嘢。」

　　唔好以為你哋呢代先識駁嘴呀。

　　我係把口唔收，不過雙手好乖嘅。後來我哋搬咗入荃灣，左近好多家庭工業。我阿媽雖然係家庭主婦，但係好勤力㗎。對面嗰家人做小規模批發，佢就去攞嘢返嚟屋企做。開頭係膠花，後嚟又穿珠仔；珠仔價錢好啲，不過最值錢嘅係繡花，特別係繡嗰啲結婚禮服，或者上台做大戲嘅戲服，好多膠片，好閃㗎。呢啲嘢我啲家姐一樣要做，但係佢哋冇興趣，求其就算喇，所以佢哋做唔倒膠片。我唔知點解特別叻繡花，放咗學、食咗飯就開工，舊時學校冇而家要做咁多個鐘頭功課㗎嘛，我差唔多日日都繡兩個鐘頭花。

　　我又唔覺得幫阿媽繡花係好慘喎；嗰時大家都係咁做㗎啦。有一次，佢攞咗件龍鳳裇嘅料，我跟住紙樣繡完，佢去交貨，返嚟話：「你做呢一件，等於我做一個月嘅人工啦。」

　　我即刻同佢講：「咁你以後攞多啲呢種料返嚟囉。」真係好自豪，好有滿足感㗎。

當時我啲家姐聽倒，話我係傻妹。

估唔倒幾十年後，我喺長沙灣啲舖頭仔見倒舊時繡過嘅紙樣。嗰陣三家姐生癌，做電療，我買咗兩個紙樣，一大盒繡花線，等佢有啲細藝啦。佢唔知幾高興，話可以懷舊喎。兩個紙樣佢都冇繡完，係我替佢埋尾嘅，算係我送佢嘅最後禮物囉。

三家姐生癌嗰年，即係大家姐一家移民嗰年囉。唉，咁又十年啦！

終極關懷

　　我又唔信神，又唔信佛，你叫我燒，咁就燒啦，冇咩所謂呢。不過我記得當年我阿媽燒衣，都有話要寫收件人姓名嘅，而家姑仔話衣包上面一定要寫明老爺個全名。我同你結婚嘅時候，老爺都返去好多年喇，我從來未寫過佢個名，梗係要問清楚，唔好寫錯字吖嘛。

　　姑仔仲話一定要寫個「收」字，唔係就會收唔倒嘅。怕老爺到時又向佢報夢，話冇衫著。我多口問句啦：係唔係要寫埋寄件人嘅姓名地址呢？好似去郵局寄信，都有「To某某」「From某某」嘅規格喇。如果到咗下面遇倒同名同姓，有寄件人個名同地址，就分得出係邊個嘅，免得爭執囉。

　　其實我一直都唔明，老爺、奶奶係天主徒，而家喺天堂享福，點解要燒嘢畀佢哋呢？老公你都係虔誠嘅天主徒，請問你哋天主教嘅教義有冇講燒衣嘅呢？我自己雖然唔信教，但係都識得尊重人哋嘅教義。如果老爺、奶奶好好哋喺天堂，無端端有人燒一大堆嘢上去，會唔會將佢哋變成天主叛徒㗎？將來Judgment Day會有咩後果呢？唉，

唔通要我寫張字條，話明燒嘢嘅係我，要罰就罰我啦！我冇所謂呀。但係我想知道，你哋啲規矩到底係點啫。如果寫咗認罪紙都冇用就唔好啦。

咁咪係囉，你都話照理就唔應該燒啦。除咗燒衣，姑仔仲成日叫我喺老爺、奶奶張相前面燒香。其實姑仔想自求心安，佢又唔信教，佢自己可以燒呀。好喇，就算係精人出口，笨人出手，我負責燒。但係我又想多口問一句：老爺、奶奶張相旁邊又有十字架，又有聖母像，咁耶穌同聖母成日畀啲香薰住，會唔會覺得好煩呢？

講開又講，我哋個仔自細就問：「點解爸爸一家去拜山，好似去野餐咁？」我阿媽生前拜觀音嘅，但係佢當年拜山，都係簡簡單單，帶少少香燭就算啦——只不過係表示心意啫。你屋企年年拜山，姑仔都帶一大堆燒味、生果、蛋糕去墳前，要大家一齊大飲大食。最弊老爺奶奶個墳唔係喺郊野公園呀，係喺天主教墳場裏面呀。咁嘅陣仕，到底係唔係合規矩㗎？第啲拜山嘅人睇見，連我都覺得唔好意思呀。

你同我兩個家姐都成日勸我入教。當年我喺律師樓放咗工，有跟家姐去聽道理㗎。不過做足一日，成個殘晒，人哋出嚟做見證，我覺得好似聽古仔咁，聽吓聽吓就瞓着覺。大概連耶穌聖母都覺得我冇收。

個仔出去留學之前，我同佢講好咗，以後我有事，送我入醫院，一定好多人嚟傳道，拉我入教。我自己唔會出聲，叫個仔代我問：「邊個教會畀 jetso 最多？因為我阿媽話自己好市儈。」咁就肯定唔使煩啦。

橫掂講開，我同個仔講埋後事啦。我一切從簡，有用
嘅就捐，剩低嘅要火葬，骨灰撒喺紀念花園——我唔想
撒入大海，因為我唔識游水呀。我仲同佢講，要記得將我
哋舊時隻狗仔啲灰同我啲灰一齊撒；阿 Lucky 啲灰保留咗
咁多年，就係為咁囉。我話呢個心願老公你一定做唔出，
所以要靠阿仔替我完成。

　　你估個仔聽咗點話呀？佢話：「阿媽你同隻狗撈亂骨
頭，下一世要投胎做狗仔。」枉佢幾個月大就領洗，講咁
嘅笑話。我哋呢個第二代，又唔似你，又唔似我⋯⋯

唉吔，王老師！

　　唉吔，王老師，你無端端話要見家長，嚇得我呀！以為個仔又同人打交，要罰留堂呀。

　　同我講我個女？大女定細女呀？大女？有咩好講呀？都六年班啦，女仔讀到小學畢業，算係咁啦。等佢喺屋企幫頭幫尾，到足十五歲，咪可以做假髮廠囉。一個月有三千零蚊，包晏晝，冷氣廠房，唔失禮㗎。唔好聽講句，你哋做老師都係咁上下喳。

　　咩話？佢想讀中學？成績好又點呀，女仔嚟㗎，做兩三年工，搵人介紹個靠得住嘅男人，有檔小生意，就升級做老闆娘啦，使咩讀書啫。

　　唔使多講啦，王老師。我哋得一個仔，梗係供個仔讀書啦。呢啲唔係叫做偏心，假髮廠都唔請男工啦。呢個社會係咁，你唔嬲得咁多㗎啦。

　　唉吔，王老師，見到你就嗐啦。前兩年你好做唔做，鼓勵我個大女讀中學，直頭係靠害呀。而家佢唔黏家㗎，話半工讀，唔使屋企俾錢，講得唔知幾好聽，其實咪又係

食住都係屋企㗎？你估佢有錢俾我養家咩？好衰唔衰，佢仲教壞埋個妹，又話要讀中學呀。中學畢業又點呀？都冇假髮廠咁好搵啦！王老師，你自己都係人阿媽㗎喇，唔好咁靠害呀。

唉吔，王老師，做咩愈叫愈走呀？你唔認得我咩？

恭喜？恭咩鬼喜呀！讀大學有鬼用咩，咁搞落去，唔使旨意個衰女賺錢養家啦。我個仔而家讀私立中學，學費好貴㗎。假髮廠三千幾蚊一個月，兩工人就成七千蚊囉，如果佢兩姐妹有良心嘅，一早出嚟做工，我就唔使咁捱法啦。而家大嘅話入大學，細嘅唔使問，又係跟住作反啦。仲話恭喜我，氣死我就真。

唉吔，王老師，幾年冇見喇，咩你仲喺呢間學校呀？

唉，我都唔想再講囉。個衰女畢咗業啦，入咗電視台做，聽起嚟幾風光呀，啲人唔知底細，仲以為佢好巴閉添。其實即係做學師仔，幕後一腳踢，日日三更半夜先至放工，餐餐食無定時，咁捱法，你估幾多人工呀？先頭打死我都唔信，後尾佢俾本紅簿仔我睇，真係唔信都唔得。佢得三千幾蚊一個月喳。我講都無謂囉，當年如果佢肯做假髮廠，都已經係呢個數啦。

唉，王老師，你哋個個讀得書多，好識講道理，我係讀書少，不過我都識計數嘅。如果我兩個女當初肯聽話，十五歲開始入假髮廠，一個一年有四萬蚊收入，到而家我坐定起碼有七、八十萬入袋啦。等於兩層樓呀。而家？真

係得個吉。唉，講到尾，都係怪佢哋老竇啦。當年俾佢兩姊妹勸掂，話讀書好囉⋯⋯

唉吔，唔講啦，我夠鐘返工啦。

咪喺酒樓洗碗囉，遲到俾人鬧死呀。唉，唔講啦。

唉吔，王老師⋯⋯

新科狀元

喂，阿董，收到請帖咩？到時記得同阿嫂早啲到，打番四圈先入席喇。

……

係囉！我兩個女你哋都幾年冇見喇。阿May係細女，都唔細啦，廿六歲啦。唉！仲邊有話爬頭唔爬頭呀？都係睇啲後生自己點諗啦。而家呢代想結婚，好艱難呀。個個都話想有層樓先，話咁易咩？ 我哋後生嗰時，大專畢咗業，有份長工，得閒又做吓兼職，公一份婆一份，捱佢十年八年，都一定夠首期，攞到銀行貸款嘅。而家冇呢支歌唱啦！

……

咪就係囉！你都係咁話啦。遠嘅唔好講，就睇我大女Maggie啦。佢喺大公司做採購，佢男朋友係電機工程師，大家喺大學就拍拖，個男仔出嚟做嘢都有十年啦，你估佢係唔想結婚咩？就係諗唔掂層樓囉。做高級工程師嘅，仲係N無一族，正一香港特產囉！

……

你又問得啱喎。阿May個男朋友就係啱啱買倒層樓，細細咧夠住嘅。唉吔，點會係有錢仔呀！係買居屋。講起嚟，真係香港社會怪現象，都唔知好嬲定好笑。只可以咁話啦：呢個後生仔夠聰明，摸熟晒啲遊戲規則，亦都夠耐性，所以廿七、八歲就買倒樓啦。

……

係唔簡單呀！我老婆直情叫呢個新女婿做「畸形社會嘅新科狀元」呀。你都想知？好，當係聽故仔囉。佢一過咗十八歲生日，就向政府申請公屋，嗰時都未入大學，咁就一直排隊，到大學畢業喇，唔敢搵嘢做㗎，因為有份正職就會超過收入限制，咁多年就白排啦！所以佢淨係做散工，最主要係去做球證㗎，有時會幫補習社一個禮拜教幾個鐘，總之個個月睇住收入上限。排到廿五、六歲，終於等到公屋啦。跟住佢咪可以用綠表去抽居屋囉。嗰時佢先至開始去搵份正經工，不過都係要小心，唔可以薪水太高㗎。

……

係就係好好彩，不過中間都有啲轉折，原來佢層公屋自己冇去住，借咗畀個朋友，個個月有啲租收。

……

梗係反感啦！點講都係犯法吖嘛。不過佢後來同我哋解釋，話其實唔係想收租嘅，係個朋友突然家變，冇個竇口，如果唔借間公屋畀佢住，佢就要瞓街。

……

我梗係要信佢啦！講到尾，自己個女要嫁畀佢㗎。佢

話前後都不過係一年幾，個朋友同佢都係姓陳，間公屋附近啲鄰居冇人知邊個係邊個。總之佢好彩，未夠兩年就抽到居屋啦，咁咪即刻同我個女講話結婚囉！佢而家有正經工，喺銀行做，已經打定條數，話將來想換私樓，做銀行職員可以有優惠利息。佢話一世人但求「安居樂業」，佢寧願先搞「安居」。咁識諗嘅後生，有時令我兩老覺得好自卑。

……

於咁話啦！到時你哋早啲嚟，認識下我哋呢位「新科狀元」嘅聰明女婿啦。

賊也是自家的好

我都試過呀！唔止一次添呀！

頭一回喺九龍塘囉，畀刀仔指住，好耐之前啦。嗰時九龍塘啲街冇人行㗎，日光日白晏晝兩點幾，我啱啱喺老人院探完我阿媽，想行出窩打老道搭車，點知有個人喺條街轉角位跳出嚟，攞把刀仔指住我話：「打劫！攞晒啲錢出嚟。」未講完就伸手搶我條金鏈。睇佢中等高度，但係好瘦嘅，似喺道友喎。我打開手袋，佢一手搶我銀包，咁我咪同佢講：「你要畀番啲證件我呀，攞錢好啦。」跟住我又話：「你攞晒我啲錢，我點返屋企呀？你起碼要畀番啲錢我坐車呀。」佢望咗我兩眼，跟住放返一百蚊喺我銀包入面，塞返個銀包畀我，轉頭就走咗。

我冇咗五百幾蚊啦，不過最慘就係條金鏈有個玉墜，係阿媽畀嘅。唉！冇咗就冇咗喇。當時諗，最緊要返屋企先。呢個賊都算大方啦，一百蚊夠坐的士有餘囉。我諗吓：玉墜就一定搵唔返啦，個賊都算有義氣，咁咪唔報警囉。

第二回又係畀刀仔指住，不過仲得人驚，直情就係屋

企棟樓。我買完麵包返去，見部較就快閂門，點知裏面有個人好心幫我撳返開，仲叫我慢慢嚟，又問我去幾樓。睇佢個樣高高大大，好四正喫。我話我係廿三樓，佢幫我撳咗，然後自己撳七字。點知去到七樓，佢唔出較，撳埋道門，攞把刀仔出嚟話：「打劫！攞啲錢出嚟。」唔使問，又要攞條金鏈囉。我同佢講：「啲咁嘅K金，唔值錢喫，你要攞就攞啦。不過個墜係觀音菩薩，我係觀音廟請返嚟喫，你畀返我啦。」佢又真係搵返出嚟畀我喎。佢攞咗我銀包一睇，得幾十蚊，問我：「係得咁多呀？」我舉起包麵包話：「落街買麵包之嘛，要帶幾多錢呀？」其實當時我有一百蚊放喺褲袋嘅，但係我驚到唔記得咗囉。上到廿三，道門一打開，佢讓開個位，我即刻衝出去。

當時有個鄰居想入較，我大力拉住佢，度門就馬上閂埋喇。佢好嬲咁問我：「你搞咩鬼呀？」我話入面有賊。佢即刻走去天井，向樓下大聲嗌：「部較有賊呀！」有鬼用咩！個賊係中間啲樓層走咗啦。

啲街坊個個出嚟，叫我一定要報警，咁我就去警察局啦。有個沙展同我落口供，問我：「你認唔認得我呀？」原來佢同我住埋一幢大廈。佢又問：「你想唔想認人呀？」既然係鄰居，咁我又問番佢：「你覺得我認唔認好呀？」佢話：「你損失又唔多，其實我哋警局都知道大概係咩人喺嗰附近用刀仔打劫，都係住同一區嘅。唔認就算喇，免得以後有手尾，自己有排驚。」我梗係信佢啦。

嗰次之後，靜咗幾個月，點知忽然部較又有賊，而且係新招數呀。有個空姐夜晚兩點幾放工，入較之後，忽然

有人喺轆頂吊個袋仔落嚟，跟住有把聲話：「唔准望上嚟。將啲錢同貴重物品放入個袋度，唔係我就用鏹水淋落嚟！」

咁嘅情況梗係照做啦，你唔知佢係真定係假㗎嘛！

前前後後搞咗成年，都唔知有幾多人遇倒天花賊，冇一個敢昂高頭去睇，亦冇人知佢係點樣出入轆頂嘅。終於管理處搵人將部轆個天花封死咗，以後先至冇事。不過諗返轉頭，又真係冇人受過傷。唔知係我哋棟樓啲人聽話吖，定係個賊冇心傷人喇。

而加就唔一樣喇！喺上面穿州過省落嚟做世界嘅，重會同你講嘢咩？啲扑頭黨專玩偷襲㗎，唔係頭破血流咁簡單呀，會腦震蕩，會死人㗎。我同樓個沙展見過幾十單啦，全部都係我哋呢區嘅，過年過節特別犀利呀。

所以我成日話你，唔好由火車站行路返屋企啦。係就係唔使兩個字，但係條路太靜呀嘛。近住火車站，最方便啲賊㗎「自由行」囉。你估而家啲賊重好似我後生嗰陣，慢慢同你講數呀？

香港心

我都唔知自己算唔算係香港人喇！唔係楝篤笑呀，講真㗎。

我知你點解笑：六十幾歲嘅老嘢，入嚟將軍澳住喺老人院，重話自己唔係香港人，梗係老人痴呆啦。唉，大家食飽飯冇細藝，我講我嚟香港嘅經歷過你知，你咪當聽古仔囉。

我係廣東寶安出世嘅。我呢代就真係中正連珠炮囉。七、八歲碰倒大饑荒，餓足三年，話係自然災害喎，信唔信吖？到讀中學就天下大亂，叫做文化大革命。到底咩嘢文化我就唔識囉，不過真係唔知革咗幾多百萬條人命！我哋十零歲嘅大細路，飯又食唔飽，書又冇得讀，成日聽倒呢道嗰道武鬥，一日死幾百人，好恐怖吖。我哋近住香港，偷偷聽香港收音機，覺得香港簡直係天堂。嗰時好多人偷渡落嚟㗎，海路、山路、游水過羅湖河日日都有，我哋知道死好多人呀，但係唔走就咩希望都冇，終於決定搏一舖囉。

我好彩，同七、八個人行山路，冇畀人捉倒，落到

沙頭角，有村民收留我哋——唔係好心咁簡單，有代價㗎。我哋廣東落嚟嘅，多數喺香港有親朋戚友，帶住電話號碼，啲村民打電話過去，係就係報平安，不過同時都係講數，話自己好冒險收埋我哋，重要供食供住，想對方表示番啲心意……講唔掂數嘅，就唔話畀佢知我哋喺邊度。

啲香港親戚真係唔話得，過咗一個禮拜，成班人走剩我同一個姓袁嘅。我喺度得個遠房表姑婆，冇見過面㗎，連電話都冇，得個地址，條村啲人幫我寄封信去，叫我表姑婆打電話嚟囉。結果係佢個仔講掂數，約好時間嚟接我嘅。姓袁嘅重弊，喺香港冇人冇物，我走嗰日，條村啲人拉住我表姑婆個仔，叫佢畀多二百蚊帶埋姓袁嘅走。離譜吖！但係我遠房表哥又濟㗎，重帶埋姓袁嘅番九龍城佢屋企住住先，等攞倒身份證為止。

我嗰時就覺得香港真係唔一樣，嚟倒一定要畀心機做人。我表哥介紹我日頭喺山寨玩具廠做，夜晚讀夜校。個老闆好人，畀我喺廠瞓，板間房仔。後來我讀完夜中學，佢又鼓勵我讀簿記，教我做盤數。我覺得香港係我再世投胎嘅地方，做香港人好光榮㗎。

我幫咗老闆十幾年，到佢想退休，仔女喺曬外國，咪問我想唔想接手盤生意囉。冇佢咁嘅貴人，我點創業吖？點知做咗幾年，啱啱有啲成績，就嚟個八九天安門事件。其實九七問題我一直都好驚㗎；我個仔得幾歲，我怕佢又行番我細個條路呀。嗰時大家搏命申請移民，唔知幾多太空人，幾多人搞到婚姻出問題！我同老婆商量，寧願一齊

挨世界都唔做太空人，咪喺一九九三年去加拿大囉。初時喺唐人街超市執頭執尾，後來幫手睇埋盤數，算係搵倒兩餐。

我老婆叻過我呀；佢係香港出世，讀政府中學出身，英文使得㗎。佢本來做開旅行社，到咗加拿大兩年，覺得咁多香港人飛嚟飛去，應該有得諗，就開咗間好細嘅旅行社，開頭淨係做機票，幾年間做大咗，嗰時大陸開始有人過嚟，客源愈來愈多，我都去埋幫手；我哋個新抱就係老婆個得力助手嚟呀。四年前老婆乳癌過咗身，新抱接手旅行社，同大陸合作搞埋旅行團，我算係唔使憂囉。

我喺大陸廿年，喺香港廿二年，喺加拿大已經廿四年喇。我個仔喺嗰邊大，個孫喺嗰邊出世，一家大細攞住加拿大護照，按道理梗係加拿大人啦。但係舊年我忽然喺舖頭㑗低咗，醫生話先天性心漏喎。我出咗院，唔知點解成日掛住香港，好想返嚟睇吓。我表姑婆同表哥一家都去哂喇，我喺呢度冇人冇物，個仔同新抱唔放心，勸我唔好番嚟。好彩呢間老人院個袁經理話我知，我有身份證，可以申請短期住宿，單人套房都得，同酒店差唔多，日日有營養餐，又有護士輪更，我個仔同新抱先畀我返嚟咋。呢位袁經理，就係當年同我一齊落嚟嗰個姓袁嘅女嚟呀。

呢幾個禮拜我去勻晒落馬洲、沙頭角、九龍城、調景嶺⋯⋯ 重去埋我老婆舊時間中學，唔只係懷舊㗎。我覺得自己喺呢度有根，有機會落葉歸根，起碼返嚟感受吓而家香港人過嘅日子⋯⋯

III 佳人 · 傾國 · 新編

(古典系列)

昭君出塞

王昭君誰沒有聽說過？四大美人之一嘛。你從小聽來的故事可是這樣的？王昭君在漢朝後宮待選，因為匈奴強大，漢朝被逼派她去和番。每個美人都有道具襯托，但以王昭君的行頭最具特色：琵琶彈怨曲，是四大美人中唯一能自我表達的例子。

　　文人筆下最愛眷顧美人，所以有關王昭君的詩詞多得像恒河沙數——當然，文人要寫的其實是他們自己，不過拿昭君借題發揮而已。可是到了馬致遠的《漢宮秋》就發揮得太厲害了，竟然把叫好叫座的《長恨歌》和《梧桐雨》戀愛模子套進來，硬要王昭君和漢元帝相戀！不用說，這個橋段也就搬進粵劇裏去了。

　　要是我告訴你，歷史實實在在地明文記載：在王昭君有生之年，匈奴一點也不強大，不但四分五裂，還遇上饑荒，不斷請求東漢朝廷給他們撐腰。至於漢元帝，自年輕時就貪花愛酒，怎麼也說不上是明君。那琵琶更離譜了，要到唐代才傳進中國。

　　如此一來，你心裏的昭君故事可不就瓦解了？

　　也許你們願意看看以下這個版本？

＊＊＊

畫裏真真

漢代長安城，殿宇高聳入雲，閭里連綿不斷，經過高祖和惠帝兩代重重擴建，精美處不惜工本，雄偉處不省民脂，早成就了天下第一、今古無雙的規模。

未央、長樂、建章號稱「漢室三宮」，三組龐大的建築群，共佔了內城八成土地。未央宮位於內城心臟，築於高臺之上，自漢惠帝起，一直是聖君臨朝之處；一百六十多年來，不論臣子上朝還是番使來朝，都得站在殿外金光閃閃的巨型銅馬前等候宣召。聖主起居之地，戒衛森嚴，進出這金馬門的，自然是朝中重臣和王公顯貴了。

但凡事總有例外，眼下就有一位六十開外的老者，手持錦盒，行色匆匆地跑來。看他的衣裝，不是甚麼權臣顯貴，但站在銅馬前等候的黃門吏卻馬上連連招手，說道：「好了，好了，終於來了！聖上等得不耐煩了。」

黃門吏和老者直奔偏殿，沿着禁衛羅列的通道，穿過五重帷幔，拜倒在漢元帝半臥着的矮榻前。兩人還未開口，元帝坐直了身子，眼睛向奏樂的宮女們一瞥，偏殿頓時安靜下來。他這才指着老者手中的錦盒說：

「找到了！好。呈上來。」

老者高聲應着，打開盒子，取出裏面的素錦，與黃門吏一左一右小心翼翼地張開，展露出一幅人物畫圖，送到元帝眼前。

元帝目不轉睛盯着畫中人，過了好一會，目光轉向矮桌上放着的另一幅畫像，長嘆一聲：「逝者如斯乎！」

天子心意，老者和黃門吏即便知道，也不敢明言。元帝見他們懦懦不答，問道：

　　「毛畫工，你進宮也快二十年了吧？還記得畫中人當年的風姿嗎？」

　　「皇上隆恩，當日召老奴到東宮作畫，情景歷歷如在目前，算來一十八年了。」毛延壽指着畫中一文一武、一漢一夷兩位王族青年，繼續回話道：「聖上當年乃太子之尊，風流文采甲天下，巧遇汗王呼韓耶新登大位，來天朝進貢，一見如故，於是召老奴在東宮梅林作此畫，留為永誌。恐是老奴不才，粗筆寫不盡天子風流、汗王雄姿，故令吾皇感慨。老奴乞請皇上恕罪。」

　　元帝搖頭道：「毛畫工何必自謙？朕感嘆，正因這畫圖寫得活靈活現。朕與呼韓耶年齡相若，他經歷這十八年，往昔玉樹臨風，化作今日風霜滿臉。」他揮手指向矮桌上新寫成的匈奴汗王丹青，復嘆道：「朕又何嘗不如此？逝者如斯乎！」

　　毛延壽暗裏打量當今聖主：若論年齡，他比呼韓耶還小一歲，但已是臉龐浮腫，行動遲緩。元帝當太子時生活奢靡，登基十二年來，更是每日花酒笙歌，嬪妃侍夜。而剛剛掃平大漠的呼韓耶，雖然無復少年俊美，卻依然矯健，不怒而威；這二人實在不能同日而語。

　　假如毛延壽是個直腸直肚的人，如何能在漢宮行走近二十年？且聽他回話道：「老奴斗膽，乞陳愚見：吾皇登位後日理萬機，威加四海。所謂不重則不威，聖上的威儀風範，正是日新又日新，萬民同景仰。」

元帝一向推崇儒學，他慨嘆時引用孔夫子的話，毛延壽也就機靈地引《論語》回應。元帝聽罷一笑。

　　「呼韓耶不負朕厚望，平定匈奴內亂。此次他三度來朝，朕要賜他一份罕有的禮物，以紀盛事。你有何主意，說說看。」

　　「回皇上，老奴心中只有畫，沒別的主意。眼前既有汗王前後兩幅丹青，何不一併繡於錦緞之上，賜予汗王？」

　　「好！蠻夷之地罕見漢宮針繡，再說，兩幅丹青並列，宣示朕不忘十多載的交誼。唔……乾脆把別的賞賜也定了吧。」元帝轉向身後的侍從問道：「今天黃門侍郎誰當值呀？」

　　侍從回話後，跑到偏殿堦前高唱道：「傳黃門張侍郎！」

　　不久，一名中年官吏疾步覲見，在毛延壽身旁跪下候命。

　　元帝問道：「此次匈奴王朝貢，禮品都有些甚麼？」

　　「回皇上，匈奴王呼韓耶與隨員帶進京的有西域駿馬三百匹、毛皮一千匹、皮囊承載的美酒一千袋，還有其他土產一百車。」

　　「難為他不遠千里而來，天朝可不能虧待他。賞賜的單子你們議得怎樣？」

　　「回皇上，貢品中駿馬、毛皮與我朝絲綢的對算都有定例，美酒土產也有成規，臣等依照常例計算，該賜汗王素縑二千匹、錦緞三百匹。」

　　元帝面露不悅之色。「按你們這種算法，外邦朝貢可

不都成了來做買賣了？還是毛畫工的主意有點人情味。這樣吧，刺繡丹青的事，由他負責。賜單上加上宮扇三百把，羅帕三百條，要最上等的繡工，好跟丹青相配。張侍郎，這小事你去辦吧。」

黃門侍郎的品位比區區畫師高多了，受此貶斥，在皇帝面前不敢怎樣，畢恭畢敬地叩首領命，心裏把賬記在毛延壽頭上。

元帝待他退下，向毛延壽揮揮手：「辦差去吧。」

元帝說罷，緩緩舉起兩根指頭，笙歌之聲悠然再起，年輕的黃門吏跪爬到天子臥榻旁邊，元帝伸手輕撫那秀美的臉龐。

漢家天子身旁的侍從無一不是美男子，正如後宮侍寢的無一不是美女，但都像春花秋月，開了就謝，圓了就缺。毛延壽進宮二十年，皇座旁邊走馬燈似地換人，每次覲見看到的都是新面孔，久而久之，連他們的姓名也不問了 —— 即使記住了，下次也用不上。

毛延壽收拾好兩幅丹青，叩首道：「老奴領命。」

後宮院落

毛延壽帶着錦盒，出了金馬門，直奔長樂宮。這兒當年是高祖皇后呂氏的居處。呂后聽政時，長樂宮風雲迭起，因它位於未央宮東面，所以又稱東宮。接下來住在這裏的歷代太后、皇后，雖然沒有呂氏威風，但也不乏胸懷大志的裙釵，暗裏視她為榜樣。

長樂宮四大殿，永壽住的是太后、永寧住的是皇后。皇后乃後宮之首，內宮管事的孃孃和大宮女們自然都在永寧宮當值，刺繡坊的領班鄭宮人也不例外。

鄭宮人聽毛延壽說明差事，得知是聖上旨意，馬上記錄在案，列為刺繡坊第一要差。她回頭對毛延壽說：

「按工序，要先把丹青描在錦緞之上，再行刺繡。毛畫師，勞駕您把畫送到建章宮北院陳宮人那兒，告訴她讓王嬙、周嬙做描繪工夫。不嫌我托大，她二人也算是您的半弟子，您願意關照幾句，功夫沒有做不好的。」

本來丹青交到鄭宮人手中，餘下來就都是刺繡坊的事，怎麼還指令宮廷畫師當腳差呢？

毛延壽倒不介懷，只問道：「建章宮乃皇上儲秀之地，男子不得隨便進出，老夫雖已年過六旬，也不能破例。請問鄭宮人可有令牌？」

鄭宮人瞥了毛延壽一眼，半晌才說：「當然。這是大差事，令牌可以三進三出，毛畫師請便。」

＊

建章宮在未央宮西面，號稱「千門萬戶」，一點不誇張。建章宮的殿宇雖是平地崛起，卻比位於高臺的未央宮還高，加上正殿東西兩面座立了二十多丈高的鳳闕，從宮牆外仰望，真有直指雲霄的氣勢。

但活在宮中深院，又是另一番感受。千門萬戶後面關着的，是一代又一代從民間選進宮的良家秀女，生活在層層緊扣的臺閣院落之中，能面見聖顏的，百中無一。春秋

代序，日月如梭，進宮時是十八嬌娥，轉眼就成了鄭宮人那樣的中年宮女。

幾千名女子關在宮牆後面，人多事繁，要避免無謂紛爭，更要提防候選的秀女結黨暗鬥，第一必得講究後宮規矩，第二是不能讓秀女們無所事事。

朝廷常規，官員按品位排班，每月按品位拿俸祿，其實後宮也有同樣一套，連皇后在內，得承聖澤的女子分十六級，頭銜足有二十種，光是元帝本人就已經加了「昭儀」、「五官」、「順常」、「夜者」四個封號，可以說，漢家天子自武帝之來，沒有別人比元帝更熱衷於「充實內宮」了。這重重等級就是內宮女子生活的規條，管事的人算準了：任誰都想往上爬，因此誰都不敢越軌。

不過內宮頭銜再多，也只限於已經得親聖澤的極少數，至於仍在候選的秀女，稱謂一概是「嬙」，列在榜末，人數以千計，可不能讓她們白閒着。還好，能中選入宮的女子大都心靈手巧，縫紉刺繡又是做不完的活：天子的龍袍、皇后的鳳袍、諸王子公主和嬪妃的四季衣裳，還有羅帳綢帶、錦帕宮扇，哪一樣不耗盡功夫？因此宮裏光是刺繡坊就動用數百人手，個個精挑細選；管領着她們做活計的，就是像鄭宮人那樣芳華已逝的老一代秀女。

宮闈故事

建章宮北苑是宮裏刺繡坊的腹地，每個工序的領班宮人和得力助手在這裏各有院落。就在其中一個靠近宮牆的

小院裏，一名年輕女子抬頭看着藍天，眼睛追隨着從建章大殿層層相叠的樓閣邊上漏出來的幾綫陽光，脂粉不施的臉上寫着惆悵之情。

「昭君，你又在追逐太陽了？我說，可惜后羿是古祖的人，要不他射下來的太陽給你一個，免得你天天繞着這院子找日光。」

說話的女子淡雅宮裝，站在臺階之上，年齡不滿二十，一副天真模樣。被她稱作昭君的秀女倚着院落宮牆，看着日光快要被建章大殿的樓閣吞沒，無奈地一笑：「建章宮裏數千女子，他憑甚麼就送我一個太陽？說真的，平民百姓天天看日落山陰，我們進宮三年，卻是天天未時沒過就日落殿閣，哪年哪月才能再看見山巒起伏，再感受到江風拂臉？」

「昭君，何必想得太多……」

話沒說完，屋裏出來一位中年宮人，嚴肅地告誡天真秀女道：「周嬙，別忘了規矩。在宮中要緊守禮法，不能對王嬙直呼名字。」

「是，陳宮人。」

兩名秀女斂袖行禮，卻沒有絲毫懼色，周嬙臉上更露出笑意來。

「我在先朝進宮，至今二十多年了，甚麼沒見過？所以才常常告誡你們。別以為只有一心想得到聖寵的人才規行矩步，其實愈不願意走那進身的路，愈該慎言慎行。耐心等着，終於會看到日落山陰的。陳宮人我可不就是例子？」

「陳宮人，您這次真的可以還鄉了？」

名喚昭君的秀女臉上透出喜色，就像春風喚醒人間美景，讓眉際唇邊的嬌媚流露出來。

陳宮人素以穩重持平見稱，對年輕秀女不偏不袒。但儘管她見盡各色佳人，眼下昭君那不自覺的意態還是讓她心生憐惜，忍不住問道：「王嬙，你果真想走我的路？」

「王嬙夙願就是遠離長安宮禁，過清風朗月的日子。」

陳宮人點頭道：「也好。要是你在這宮中真的立志進身，恐怕是荊棘滿途。」

天真的周嬙插口問道：「陳宮人，您從前也說過這樣的話，到底是何原委？要是您不說出來就離宮，將來王嬙恐怕要吃虧的。」

陳宮人沉思片刻，招手讓王嬙和周嬙走到房廊上，看準屋裏屋外沒有別人，低聲說道：「當今皇后與王嬙同宗，你們自然知道。你們不知道的是，皇后的名諱上政下君。」

周嬙脫口道：「王政君？聽來不是像昭君的姐妹嗎？」

陳宮人喝道：「周嬙，這是大不敬！」

周嬙嚇得頓時跪倒地上。

陳宮人嘆一口氣，揮手說：「起來吧。你這性子要是不改，將來一定要招禍端。」

王嬙扶起周嬙，氣定神閒地問：「這三年來昭君得以平穩度日，原來是跟皇后娘娘的名諱有關嗎？」

「可以這樣説，但事情比你們想的複雜。」陳宮人頓了一頓，繼續説：「王嬙，你我算是有緣，乾脆都告訴你，希望有助你日後自保。不過，今天的話你們一個字也不能漏出去。」

看着兩名秀女嚴肅地答應，陳宮人才把當朝帝后的往事一一道來。

「皇后娘娘和我一樣，是先朝選進宮的秀女。那時先帝還在，當今聖上只是太子，剛好他的寵妃病逝，他痛不欲生，先帝就從秀女中挑一個人送到東宮，侍候太子；選中的是當今的皇后娘娘。這是先帝的恩典，太子不能不納，可是不知為甚麼，他對娘娘一直心存芥蒂。娘娘倒是得天獨厚，歸太子一年後，就誕下皇孫；所謂母憑子貴，娘娘在太子宮的地位也就鞏固了。先帝對皇長孫十分疼愛，處處擺明他是繼承大統的人選，因此當今聖上登基後，就順先帝的旨意，立長子為太子；娘娘既然是太子親母，順理成章當上了皇后。但自始至終，皇上對娘娘母子一直心存隔閡，不時傳出要廢長立幼、廢后另立的謠言，結果朝中和宮裏都形成黨派，雙方暗地角力。知道這個背景，就明白王嬙為何很難得幸吧。」

王嬙聽到這裏，接口説：「昭君的名字跟皇后娘娘相似，所以一直被壓着，沒有呈上？」

「聰明。皇上與皇后娘娘的關係，宮裏有年資的侍吏哪有不知道的？既然年輕貌美的秀女召之不盡，誰會斗膽呈上跟皇后娘娘相似的名字，冒犯天顏？」

周嬙聽到這裏，高興地對王昭君説：「如此一來，你大可以放心了。」

昭君搖頭道：「也不盡然。陳宮人剛才提到，聖上看不上眼的年輕秀女，也會指派到侯門王府；即使是年齡漸長的秀女，也會配婚給在朝廷辦差的人。不是誰都像陳宮人那麼幸運，終於能盼到海闊天空的日子。」

陳宮人回應道：「這只說對了一半。聖上的旨意是一回事，慣常的配婚又是另一回事；旨意無法擋，配婚倒還可以提防。在宮裏辦差出色的秀女，人才難得，自然有人會想到留住她們，不會隨便把她們配婚。你心靈手巧，努力在刺繡坊做點成績出來，別的不要愁。」她警惕地往院門瞟了一眼，說道：「有人進來，你們先下去吧。」

丹青異境

話聲未落，果然有個老太監走進來，通報道：「陳宮人有禮。毛畫師奉旨有差事交代。」

王嬙和周嬙正想退下，陳宮人聽到來客是毛延壽，向她們微微頷首，示意她們留下，同時對老太監說：「有勞梁公公領毛畫師到工房看茶。」

過了一盞茶的功夫，陳宮人和兩名秀女也到了工房，與毛延壽行禮問好。此時毛延壽已展開兩幅丹青，放在案上，也不先加說明，只是讓她們細細端詳。

三人聚精會神好一陣子，幾乎齊聲開口提問。

陳宮人輕皺着眉，問的是：「勞駕毛畫師親自到來，恐怕不是一般的臨摹功夫吧？」

周嬙一臉好奇，指着兩幅畫裏的呼韓耶問道：「這兩人相貌和衣裝如此奇特，他們是誰呀？」

王昭君盯着其中一幅畫，口裏說：「這幅畫是甚麼景色呀？那山形水勢實在太奇異了。還有那一大片看不到邊際的長草，就像伸展到天涯海角似的。我們大漢真有這樣的好地方？」

毛延壽笑道：「老朽一個人，一張嘴，請容我逐一道來。」

他先向三人道明聖上的旨意，接着說：「陳宮人說得對。要把兩幅畫裏的汗王描到一張素絹上，比一般臨摹考工夫，而且這差事時間緊迫。王嫱、周嫱，你們可有把握？」

周嫱答非所問，嘆道：「怎麼竟會是同一個人？歲月真是無情。但願當今聖上沒有經歷如斯變化。」

陳宮人哼了一聲，提醒兩名秀女要警惕坐在工房一角的梁公公，誰知回頭一看，老太監坐在板凳上，倚着牆角，正在打盹。

昭君一笑，接口道：「我看正相反。毛畫師筆下的歲月有情，為這位王爺添上威儀氣度。」她好奇地轉向毛延壽，問道：「毛畫師，您沒到過大漠，怎麼寫出塞外景色呢？」

「為了這幅畫，我在鴻臚寺跟呼韓耶單于的隨員討教了足有一旬。」毛延壽說到這裏，言歸正傳：「我看這樣吧，周嫱負責年輕汗王，王嫱負責年長汗王，至於這大漠風光，就有勞陳宮人在二位完工後，斟酌用作背景。」

陳宮人回應道：「我自當盡力而為，不過還得請毛畫師在完工前修正，方為上策。」

「行。我後天再來。」說罷，示意陳宮人移步房廊。

兩名秀女低頭分別細看自己負責的那幅丹青；倚着牆角的老太監輕聲打起鼾來。

毛延壽與陳宮人站在房廊，工房裏有甚麼動靜，還是一目了然。畫師低聲道：「你家裏上月來了書信，一切平安。」頓了一下，他把聲音壓得更低：「聽說你可能出宮回鄉，消息可靠嗎？」

「是東宮的旨意，大概可信吧。皇后娘娘念舊，放行的都是當年在建章宮認識的老秀女，說有幾十人。」

「那我可得替你捎個信，向你家報喜了。」

「不急。我們宮裏人一天沒出宮門，一天都說不準。還是等批文出來再說吧。」

毛延壽嘆道：「想你進宮前愛鬧愛笑，如今卻步步為營，這裏頭的日子夠受的。」

「表姐夫，我在宮裏二十年了，要是不懂學乖，能熬到今天嗎？」

毛畫師和陳宮人相視嘆息的當兒，工房裏兩名秀女也正悄聲說話。

「看這畫中吹簫的男子，真想不到會是聖上。昭君，依你看，聖上現在是何容貌呢？」

昭君搖頭道：「看你！一個勁兒盯着聖上看。別忘了你要描繪的是匈奴王爺，弄混了可不行。」

周嬙知道自己有點忘形，不好意思地啐道：「還說我呢。這年輕汗王雖然沒有大漢風範，看着還頂順眼，你卻偏說老了才有威儀氣度。依我看，你是着魔了！」

睡得正香的老太監聞聲驚醒，眼珠骨碌碌地打了一個轉，站了起來。

陳宮人不等他開口，高聲道：「毛畫師要離宮了，有勞梁公公送至宮門。」

單于求親

未央宮前殿，朝中重臣站立一旁。當天的朝事本來平淡，早該議定了，但負責款待蕃夷的大鴻臚忽然來報，匈奴單于呼韓耶為了表達永臣於大漢的忠心，請求天子賜婚。眾人聽完了大鴻臚陳言，又看了單于的奏章，屏息靜氣，就等聖主發話。

「和親一事，先祖孝惠帝時已有之，無非是挑一名合適的宗室女，冊封為公主，配婚朔方；比如先帝時宗室女遠嫁烏孫，封號就是烏孫公主。」說到這裏，元帝以長袖掩口，打了個哈欠。「呼韓耶既然誠心歸於大漢，請求做我漢室佳婿，朝廷依前例行之，亦無不可。」他環視眼前幾個臣子，心想：難為他們扳着腰站了一個時辰，怎麼就不累？於是以體恤的口氣說：「眾卿以為如何？」

幾位重臣中，只有丞相匡衡站出來，長揖道：「皇上聖明，實乃大漢之福，匈奴之福。」他頓了一頓，讓同僚及時應聲頌聖，才接着說到緊要處：「賜婚與匈奴單于，可以說是大漢傳統，連高祖皇帝在日也有過相似的例子——當然，那時配嫁的不是公主。」

匡衡此語一出，在場的臣公都為他捏一把汗。事因高

祖當年在邊城被匈奴王冒頓大軍圍困，無法逃出，乃至以和親為謀，還要與匈奴約為兄弟之邦，才得以解困；這掉面子的陳年舊事是漢家大忌，皇帝故意不提，他丞相大人倒發起傻來，要自討沒趣？

元帝盯着匡衡，半晌才發話：「說下去。」

「皇上明鑒，依老臣愚見，匈奴既然已向我大漢稱臣，若論體制，君臣有別，因此不必以公主配婚。」

元帝頓時明白，假如真的挑宗室之女去和親，即使中選的冊封為公主，表面上無限風光，但說到底還是得與家人生離死別。萬一她的父兄心存怨懟，搞不好會釀成禍事，畢竟匈奴對大漢已經不成威脅，很難再以「顧全大局」安撫宗室。

「丞相果然遠見。那麼配婚的人選……」

「後宮儲秀，佳人以千計，都是大漢良家子，選其一人賜嫁單于，聖上認為如何？」

元帝沉默不語。他想到的是，當今母儀天下的王政君，本來也就是個秀女，是他當太子時由先帝所賜；有此先例，後宮秀女誰也配得上！但他一想到王政君，馬上龍心不悅，覺得即使一時動搖不了她，也該清理一下她原來出身的建章宮。

「丞相好主意。既然後宮秀女人數眾多，也是時候發配一些人出去了。朕看這樣吧，凡年齡二十六至三十五者，一律配婚，配婚對象就選朝廷的侍吏或是他們的子孫，年齡四十以下，未婚、失婚者都可以。」說到這裏，元帝忽然靈光一現：「凡後宮秀女，要是有人願意配婚與

單于，可以不論年齡、資歷，朕必定誥封重賞。」

眾大臣聽到這出乎意料之外的和親主意，覺得匪夷所思，但也只好齊聲高頌「聖上英明」。他們心裏想，單于留在朝廷日子不可久，否則怕匈奴生變，為臣子的還是及早安排後策，看如何在無人請纓的情況下挑出和親人選，保全皇帝的面子。

昭君抉擇

皇帝要把幾百名秀女配婚的旨意一下，不但東宮和建章宮弄得沸沸騰騰，連未央宮的迴廊殿角也常有侍吏三五成群地商討怎麼能佔這便宜——討個宮裏人，面上光彩，連聘金也免了，多少還拿到朝廷一點嫁妝，端的是機會難得。

至於元帝想在秀女中找個自願出塞的人，倒是誰也不提起，連負責到建章宮各殿閣院落宣旨的太監也覺得那只是走個過場：誰會願意離開錦繡長安，終老在番蠻之地呢？

毛延壽聽到秀女配婚的消息，馬上想到在他心中還是「小表妹」的陳宮人。汗王丹青的描繪差事雖已完成，但他手裏的令牌可以讓他第三次進宮，此時到處紛紛擾擾，該不會有人細問他要辦甚麼差事，何不往建章宮再走一趟？

果然，老太監梁公公看見他，只道又是描繪的差事，一勁兒把他領到北院工房，路上直抱怨：「我們這批老骨

頭，從早到晚挨院挨殿去宣和親的旨意。唉，難呀……」

到了北院，老太監乾脆在園子裏坐了下來。

陳宮人知道毛延壽的來意，說道：「配婚以年齡為限，我進宮時十六，在宮裏已經二十年，不會選到我。」

毛延壽鬆了一口氣，不料陳宮人接着道：「您來得正巧。能不能替我勸勸王嬙？」她緊皺雙眉說：「那和親的旨意，她說要應召。」

此事完全出乎毛延壽意表。他還沒回過神來，陳宮人已經把昭君從裏屋領至工房。

昭君最想見的人，正是毛延壽。二人規勸的話還沒出口，她卻先說：「毛畫師，能否容我請教兩件事？」

毛延壽點點頭。

「大漠風光果真像您畫中模樣？」

「按單于隨員的評價，老朽的畫有七、八分像真。」

「那單于……」昭君頓了一下，臉泛紅暈地問：「毛畫師，在您筆下，匈奴單于是個堂堂漢子，在您心裏他又如何？」

毛延壽呵呵笑了。「老朽的禿筆很老實，心裏有甚麼，筆下就出來甚麼。」

昭君向二人深深一拜。「蒙二位關愛，衷心銘感。請恕昭君性情乖異，別人怕塞外蒼涼，我卻願意看大漠上日落月出。」看到兩人還想相勸，她繼續說：「大家怕和親一去不歸，見不着父母家人，可是多數秀女當年選進宮時，也早知道是生離死別了。幸運如陳宮人，還是未能如回鄉之願。」

對着毛延壽眼中的疑問，陳宮人回應道：「放行回鄉的事確實受阻了。東宮和建章宮一下子要少了幾百名有年資的秀女，皇后娘娘說得先留着我們……」

　　昭君接着道：「昭君應召和親，起碼出於自願，也見過單于畫圖；相比起來，幾百秀女忽然配婚，前途可不在自己掌中。昭君今天不應召，誰能保三年五載後不落入配婚的行列？」

＊

　　未央殿前，黃門張侍郎的陳報極簡單：「有後宮良家子王嬙字昭君者，願配婚匈奴單于。」

　　元帝聽了，既高興、又詫異，沒想到旨意下達不過幾天，和親匈奴的人選就輕易解決了。怪就怪在這人選的名字還跟不討喜的皇后那麼相似，難道跟她有關？

　　「這王昭君哪裏人士？年齡多大？進宮多久了？」

　　「回皇上，王嬙乃荊州人，行年二十，進宮三年了。」

　　「唔。」荊州人氏，看來跟王政君不會是一家。

　　「她家裏都有些甚麼人？」

　　「回皇上，王嬙母親早逝，家中只有老父與幼弟。」

　　「小家小戶的好，安靜，不添麻煩。」

　　看到丞相匡衡和御使大夫李延壽齊聲稱善，元帝把最後一個問題擱下了。他原來要問的是：此女面貌如何？但又一想，哪會有絕色佳人主動要求出塞的？這王昭君大概是中人之姿，有點聰明，知道在漢宮進身無望，寧願飛上

匈奴的高枝兒。反正是民間選進後宮的秀女，模樣起碼有個譜，不會委屈了他呼韓耶！想當年先帝把王政君送到東宮，他身為太子也毫無選擇；今天來了個王昭君，從自己手中送出去，也屬天意。

「君無戲言。朕說過如果有秀女願意出塞，必定詔封重賞。就這樣辦吧，封王昭君父親為和親侯，賜白銀萬兩。如此一來，這王昭君就是侯門之女，與匈奴單于可說戶對門當。」說到這裏，元帝衝着丞相匡衡問道：「丞相還有甚麼主張？」

「臣斗膽建議，王嬙的封號定為『寧胡閼氏』，陪嫁的賞賜跟郡主婚嫁看齊——說到底，她此去宣揚大漢威德，和睦邦交，朝廷應該為她壯行色。」

元帝眉飛色舞道：「說得好！讓黃門擬旨吧。」

辭別漢宮

匈奴單于與寧胡閼氏的大婚典禮，由御史大夫李延壽代表皇帝主婚，凡京裏應邀參與的番夷王族，無不稱讚這是鴻臚寺的盛事，可以傳頌後世。

大婚後三天，一對新人盛裝步進金馬門，走向群臣羅列的前殿，向元帝謝恩拜別。

元帝想到此番與呼韓耶一別，不知何年再遇，於是步下御階，執起單于之手，互道珍重。在這當兒，他的目光第一次落在昭君臉上。

呼韓耶誠懇的回話，元帝似乎聽不到，只是定睛看着

眼前身穿漢衣、肩披胡裘的王昭君，良久不發一言，直至昭君半抬起頭，斜看着呼韓耶，他才醒覺過來，高聲道：「果然是一對璧人！」

說罷，元帝回到寶座，大鴻臚領着單于和閼氏再行跪拜大禮。禮成後，新人與匈奴隨員由鴻臚寺禮賓隊伍送行，離開長安城。

未央殿裏，群臣退下了，元帝卻依然坐着，當值的黃門張侍郎躬身垂首，一旁站立。忽然元帝輕輕「哼」了一聲，說道：「寧胡閼氏的娘家再賞賜車馬十乘、錦緞千匹；和親侯爵位定為世襲，讓她弟弟先學着辦差，說不準將來也是我大漢良才。」

黃門張侍郎一邊記下聖意，心裏一邊盤算：聖上對這寧胡閼氏似乎有點不同。

皇帝身邊的侍吏誰心裏沒有一本賬簿？清楚聖主的喜惡，運用得宜，既可以有惠於人，也可以殺人於無形。張侍郎是此中高手。

但有些事即使再聰明的人也無法預知。就以漢元帝為例，誰會想到他壽緣將盡，在呼韓耶與昭君大婚後半年就駕崩呢？在那以前，張侍郎能清理多少舊賬，我們無法知道。

怒沉百寶箱

這個故事的原型是馮夢龍收在《警世通言》裏的〈杜十娘怒沉百寶箱〉，寫十娘悲憤投江而盡，香魂不散，將寶箱托漁父之手送與柳遇春，報其恩德。

及後又有粵劇版本，大眾口味不願讓佳人枉死，只好把男的變成不折不扣的多情公子。薄命佳人投江之後，編劇安排老京官夫婦河中救美，收為義女。最後男的高中狀元，娶了大官之女，發現就是十娘。

原裝杜十娘故事，男的是個窩囊廢，女的雖然聰明絕頂，卻有眼無珠，很是教人不快。再三思量，唯有如此這般……

***

明萬曆二十年間，燕京教坊司院裏，住了一位監生。

監生就是太學生，亦即天子門生，按理說，必定是才高八斗之士；不過有時候也有例外。譬如說，政府軍機告急，而國庫又空虛，就有所謂「納粟入監」的做法——也就是出售太學學額。才高八斗之士不必走捷徑，倒是學

未優而才有限的貴家公子紛紛由孔方兄保送，走上太學的坦途。

既然太學生出身尊貴，為何卻有紆尊降貴，住進教坊這種事情呢？答案在一個人身上。

燕京雖大，有誰不知道「兩彎眉畫遠山青，一雙眼明秋水潤」的杜姬十娘？

燕京雖大，風流名士與翰院高才，有誰人不拜在杜姬十娘的石榴裙下？

十娘豔名重京師，裙下又盡是富家巨室之子，卻竟然閉門不納客足有年餘。教坊名妓變作三步不出閨閣之女，所為何事？答案也在一個人身上。

這個人就是住在教坊司院裏的監生——李甲。

李甲之父官居布政使，李甲雖無子建之才（因而他父親才會以重金替他捐了個監生），但風流儒雅，肯定有子建之姿。最難得的是身為官宦場中貴公子而毫無半分驕氣，對別人事事順從，對十娘更是百般體貼，絕無絲毫頤指之色。杜媽媽（當然只是十娘的鴇母，不是親娘）初見李甲，如獲至寶——如此性格溫順而又腰纏萬貫的客人，好處實在太多了。

杜媽媽身在青樓數十年，深知男人貪新厭舊、捨難取易的性格。十娘雖美，但性子烈，主見又強，怕李甲終會因此見異思遷。如何能保證肥水不流別人田呢？年餘以前，杜媽媽推心置腹地對李甲說：「李公子，老身雖是教坊中人，可不是那些尋常見財開眼的媽媽。十娘隨老身有六、七年了，我可真是把她當作親生女兒般疼愛。常言

道：『易求無價寶，難得有情郎』，我們教坊中人，最明白這個道理。公子對十娘的情意，老身看在眼裏，喜在心上；我既然疼十娘，就連帶公子也一併關心起來了──希望公子您不嫌老身託大。」

李甲此時剛成為杜家入幕之賓，聽杜媽媽這一番肺腑之言，喜得眉開眼笑，哪兒會有絲毫嫌棄？

杜媽媽見此表情，心想：事可成矣！於是繼續說下去：「我看公子單身一人，獨居京師，飲食起居無人照應，雖說有個把老僕家童，總是不夠稱心如意的吧？再說，我家十娘有幸，蒙公子眷顧，十天半月裏，倒有七八天時間在寒舍消磨。老身為公子盤算了一下，這兩面開銷，一闊三大，雖說公子不在乎，但老身看太浪費了也是不好，所以老身大膽向公子建議：倒不如公子遷進寒舍，省了那邊的開銷。我們雖說是教坊，其實安靜得很，公子要用功的話，別的地方可比不上這兒的環境。」

李甲聽了媽媽此話，面有猶豫之色。雖然他是個沒有甚麼主見的人，然而畢竟是官家出身，從小耳濡目染，對規矩禮數倒是明白的。以布政使之子的身份而長居教坊，這成何體統呢？心中這樣想，口裏只道：「媽媽錯愛，李生心領了，實在不敢長期打擾媽媽。」

杜媽媽眼見功敗垂成，如何肯就此罷休，繼續鼓其三寸不爛之舌，說一番綿裏藏針的話：「唉，公子不願紆尊降貴，老身倒是很明白，我們身在青樓，也只有怨命吧。老身一心為十姐着想，既尋得了如意郎君，當然願意朝夕相隨，可是教坊中總也有些規矩。公子您對十娘固然是真

情真意，但畢竟無名無份，十娘仍是教坊裏的人，迎賓送客是少不了的事。這不是説十娘願意過這種生涯，也不是我做媽媽的把她當作搖錢樹：所謂身在江湖不由己呀。」

李甲聽到此話，頓時醋意大作，臉上露出不悅之色；但他畢竟是個沒脾氣的人，因此只是沉吟不語。

杜媽媽看在眼裏，知道年輕公子興在頭上，最怕心頭愛落入他人之手，自己可説是一擊即中了。趁這公子有了動搖之心，杜媽媽又搖頭嘆道：「可惜公子出身實在太高，不然索性為十娘脱籍，可不就是神仙美眷？只是尊大人位高名重，怕一時片刻難以成事。媽媽勸您遷到院裏來住，也是為你們倆日後鋪路。一來，免了別的官爺貴介訪上門來；二來，公子日後出人頭地，十娘就是添香紅袖，照料有功，尊大人那邊自然好説話。」

這一番話可真的説中了李甲的疑慮了。須知李父治家極嚴，李甲進京入監以前，三番四次警誡他莫貪花酒，因此李甲雖鍾情於十娘，卻也深知無天長地久之計，只不過眼下一人在京，父親權威管不到，也就先求片刻之歡罷了。而今聽杜媽媽説，似乎有機會謀個長久之計，李甲哪有不動心的？不過禮節攸關，他只好口頭上推辭道：「媽媽如許心意，李生真是幾生修得。不過李生若在此長期作客，日夜叨擾，怕始終要讓媽媽增添太多麻煩，李生實在過意不去。」

杜媽媽眼見快要成事了，一時興奮，急説道：「公子這是哪裏話？要是媽媽我將來有半分厭煩之意，我就讓天打雷劈！」

就這樣，李甲先放下黃金三百兩讓杜媽媽添置日常所需，第二天就遷進了教坊司院。

回想杜媽媽在騙得李甲遷入之時，如何興高采烈；她絕對料不到的是：不到一年光景，自己就會後悔不已。

悔的是甚麼呢？簡單地說，只有一個字：錢。

杜媽媽當初所想的，只不過是壟斷李甲的錢，誰知教他遷居這一計，卻是弄巧成拙。李甲當天回到居所，告訴老僕遷居之事，竟換來一場爭端。須知這老僕是在李家生、李家長的，論年紀比李布政使還長兩歲，一向為人又穩重知禮，所以布政使才會派他陪伴長子進京，以便事事提點照應。老僕李忠是個守禮知份的人，自然不會輕易抬出布政使的指令來壓制大少爺，所以李甲出沒青樓之地，他也只是睜一眼、閉一眼，偶然規勸兩句而已。老僕心想：少年人貪花愛酒，也是常有的事，只要大節不虧，總有看破煙花陷阱之日，如果大作文章，反而教少年人將來難下臺。誰想到李甲竟會提出遷居教坊這種荒謬事來。李忠身負布政使所託，唯有力陳其害。但李甲一心只怕十娘落入他人懷裏，哪裏肯聽？兩人各持己見，不可開交。第二天李忠帶着一名家童，馬上回鄉稟報布政使；同時李甲也帶着留下來的另一名家童，遷住教坊。

這可不讓杜媽媽正中下懷嗎？李忠既走，李甲就成了無韁馬，杜媽媽更可為所欲為了。誰料事與願違，李忠不過是向布政使說了個大概，早把這位老大人氣得死去活來，馬上派人快馬下令李甲回鄉。李甲正在溫柔鄉裏，哪

裏肯從？就推說監期未滿，不便離京。布政使見此子如斯妄為，一怒之下，決定對他經濟封鎖。

要知道李甲乃家中長子，又是初次出門，因此布政使讓他隨身帶備的銀票不下萬金，即使經濟封鎖，也不是十天半月就奏效的事。李甲生長於富貴之家，對金錢一事向來大而化之，哪裏想到後果嚴重？住在教坊裏，杜媽媽三天兩日就來借意討點甜頭，李甲過慣了闊日子，出手就是三、五十兩，一年下來，竟然就床頭金盡了。

那杜媽媽本來打的是長期如意算盤，心想李甲留京起碼有兩三載，他家中銀票自然源源不絕而來，誰知不過一年，就乾涸見底了。杜媽媽不但沒有了收入，反而要每天賠上李甲主僕飲食日用所需，而十娘又真的完全閉門不納客，這種坐吃山空的日子，可真把這位青樓媽媽氣壞了。

所謂床頭金盡，壯士無顏，杜媽媽安慰自己說：過不了多久，李甲自然知難而退。誰知她又猜錯了。須知李甲不是壯士，只是個溫柔鄉裏的寄居蟹，兼且一向脾氣溫和，不愛生事端，所以儘管杜媽媽對他冷嘲熱諷，他也一定好言相向。所謂伸手不打笑臉人，杜媽媽就是奈何他不得。

也許大家認為李甲的臉皮實在太厚了，死賴活賴地待在杜院不走，其實這倒不全是實情。一則，李甲是迫不得已，如果遷出杜家，在在需財，而他真的是囊空如洗了。二則，他是家中長子嫡孫，絕不相信父親會如此決絕，長期置他於不顧，心想只要父親的氣下了，銀票陸續寄來，到時候他自然不會讓杜家吃虧。不過最重要的還是十娘對

他的態度。杜媽媽每嘲諷他一次，杜十娘就多疼惜他一分，他腰纏萬貫之時，是他主動討好十娘；今日他囊空如洗，卻是十娘萬分體貼於他，光是這份情意，已教他感到千刀萬剮在所不惜了，何況只是受半分閒氣？

情況既然如此，杜媽媽盼李甲主動離開，可不就是春秋大夢？本來教坊中人想下逐客令辦法可以很多，文的不行甚至會想到動武，為何杜媽媽只限於口頭嘲諷，拿不出別的厲害招數來呢？這可就要怨她自己了。記得她當初隨口起誓，說甚麼如有厭煩李甲之日，就天打雷劈嗎？偏偏教坊中人迷信的多，杜媽媽就是其中表表者。她自己起過的誓就成了心中一條刺，讓她無法對李甲採取決絕行動。

再者，十娘眼看杜媽媽對李甲態度每下愈況，兩番相勸，自然是話不投機，二人因而口角，杜媽媽氣在頭上，下令十娘馬上就要再迎賓接客，誰知十娘隨手拿起一把利剪往脖子上一擱，冷笑道：「媽媽你如果真的想人財兩空，十娘一定成全你，報答你七年來照顧之恩。」

杜媽媽這可嚇呆了。要知道十娘性子剛強，假如真的弄出人命，人財兩空事小，鬧上公堂事大，這叫她如何擔待？可憐的杜媽媽，請君入甕變成自己入甕，她的如意算盤裏竟然沒有十娘會對李甲動真情這一子。

不錯，十娘對李甲的確是由憐而生愛了。七年教坊生涯，十娘可說得上閱人無數，達官貴人、王孫公子，對她來說都不過是尋常脂粉客。要是文雅風趣的，她多加兩分關注；要是豪邁不羈的，她會有三分敬意，如此而已。當

初李甲尋上門來，雖說長得風流俊朗，也不過是贏得十娘一絲好感——畢竟十娘乃京中名妓，見盡名士高才，豈會為區區一名貴家公子輕易動心？及至李甲為她不惜遷進教坊，十娘才起了憐惜之心：以監生的身份做出此舉，雖然不智，卻端的是個有情人。

要知道十娘自賣落青樓後，家毀人亡，而杜媽媽又是個「萬般皆下品，只有金錢親」的人，七年來十娘早已孤寂萬分。一旦來了個李甲，朝夕相對，他又是那樣的人品模樣，體貼溫存，所謂日久生情，十娘不覺就把他當作唯一的親人了。及至李甲床頭金盡，杜媽媽對他頓時換了一番嘴臉，又強迫十娘再過迎送生涯，十娘才驚覺自己已一心繫於李甲身上，對教坊生活絕無一絲眷戀了。

所以說，李甲能得到十娘終身暗許，完全得力於杜媽媽。要不是她騙得李甲住進教坊，哪會有朝夕相對、日久生情之事？

杜媽媽思前想後，除了自怨自艾之外，就只有天天拉着十娘，不是叱罵，就是哭訴。無奈十娘對此，裝作眼不見、耳不聞，杜媽媽拿她一點辦法都沒有。

如此爭持多月，杜媽媽忽然心生一計，把十娘喚來，板着臉說：「別人家養的女兒便是搖錢樹，千生萬活；就我偏偏倒楣，白養着你不說，還要多養你那條窮漢。我們教坊中人，吃客穿客，你不肯會客，我豈不坐吃山空？罷了，你跟你那窮漢說：有本事拿出幾兩銀子來，算是替你脫籍，我拿了那銀子另外買個丫頭過活，總算還有個營生。」

起初十娘聽到又是罵她的話，心想：你在李生身上騙來的錢，足夠花這一輩子了，又何必再鬧呢？及至聽到她提出脫籍一事，也不管她窮漢聲聲，急問道：「媽媽此語當真？」

　　杜媽媽深知李甲囊空如洗，典當殆盡，哪兒來的銀兩？於是說：「這是有關生計之事，我如何會說假？若論你的身價，就是三萬兩也不嫌多，但我讓那窮漢煩夠了，我只要他三百兩，算是把瘟神送走，我好重新過日子。」

　　十娘聞言，喜在心頭，臉上卻不動聲色，只是追問道：「媽媽你可會反悔？」

　　杜媽媽啐道：「媽媽我是甚麼樣人？只是這脫籍之事，我限他三天辦好，一手交錢，一手交人，從此你我互不相干。要是他三日辦不來，倒休怪我無情無義了。」

　　十娘沉思了一會，說道：「三日時間太急，限他十日如何？」

　　杜媽媽心想：便限他一百日他也拿不出銀子來。於是說道：「好，就十日，事情辦不成，他就得馬上離開，你也得馬上見客。」

　　十娘點頭答允，又怕杜媽媽反悔，於是二人擊掌為誓。杜媽媽深信此計必就；杜十娘卻又另有籌謀。

　　十娘回到房中，見李甲正坐在那兒發呆，馬上上前向他笑道：「李郎，我有好消息相告。」

　　李甲聞言急問道：「是否我家裏派人來了？」

　　十娘搖了搖頭，李甲馬上顯得無精打采。十娘看在眼

裏，嘆了口氣，坐下來對他說：「我媽媽剛才又跟我鬧了。可是這次和以前不一樣：她說只要李郎拿出白銀三百兩，她就讓我脫籍，離開教坊。」

李甲聽了只有苦笑道：「十娘，假如是一年前，別說三百兩，就是三千兩也唾手可得。可是今非昔比，我連三十兩也拿不出來呀。」

十娘笑道：「李郎別擔心，十娘倒……」說到這裏，十娘忽然打住了，看着李甲那失魂落魄的模樣，停了好一會才繼續說：「十娘想，也許李郎可以與京中友朋商議，看有沒有辦法籌得這三百兩。十娘一旦脫籍，當隨李郎離京，李郎馬上回鄉，向尊大人負荊請罪，到時候十娘已非教坊中人，尊大人或會原諒則個，也未可知。反正李郎回家走一遭，總勝於坐困教坊之中，與家中絕了音訊。」

李甲想想，也是道理。如果他獨自回鄉，杜媽媽自然要迫十娘重操故業，但如果能與十娘同行，回鄉請罪實在是他唯一的出路。父親再嚴，他李甲仍是長子嫡孫，加上老母在旁規勸幾句，事情沒有不成的。想到這裏，臉上頓時開朗起來，對十娘說道：「十姐說的正是。這真是天賜良機，我馬上出去找人想辦法。」

十娘鬆了一口氣，微笑道：

「李郎早去早回。媽媽只限我們十天之期，李郎要緊記才好。」

李甲出身富貴之家，一向不知錢財難得，即使是到了這一窮二白的境地，心裏仍想：只要找十來個鄉里遠親和

那同窗故舊，每人借他二、三十兩銀子，何愁不成事？

李甲這個想法，自然是以己度人，他公子爺以往出手闊綽，就沒想到別人還有許多計較。第一，大家早已知道他為了一個煙花女子與家人鬧不和，假若現在借錢與他，豈非要開罪布政使老大人？第二，他沒有家裏支援，拿甚麼來還錢呢？再說，上了年紀的親朋認為他貪花戀酒，實在不肖；年輕的即便有點同情，但自己仍是依賴父兄輩過日子，哪有餘錢來資助他呢？

可憐李甲白白奔跑了三天，勸他回家省親的話倒是不絕於耳，只是錢財一事，半點着落也沒有。到了第四天，眼看再無門路，他只有到同鄉監生柳遇春處探探消息，反正遇春與他年齡相若，算是比較談得來，雖然他本人出身只屬小康，不會拿得出多少錢來資助，但他一向人緣極廣，說不定有甚麼別的辦法，也未可知。

柳遇春不見李甲多時，如今見着了，倒是十分親切。李甲三天來受了滿肚子氣，免不了一古腦兒向遇春盡吐。這柳遇春是個熱心腸的人，可也聰明頂透，他的監生可不是捐回來的，而是實實在在因才保薦的。他聽了李甲訴說前因後果，先是出言相勸：「李兄不愧是豪門之子，對借貸一事所知有限，假如你早一點來跟遇春說明，起碼不用白碰釘子了。」

李甲不解道：「柳兄此話從何說起？」

柳遇春道：「李兄見絕於尊大人，此事京中誰人不知？今番李兄說要借資還鄉，怕無人入信。須知尊大人之怒，全因李兄不肯回鄉而起，若李兄此次真的是要回鄉請

罪，貴府早該匯來了銀兩，又何需借貸？」

李甲聽了此言，如夢初醒：難怪眾人都好像看透了他，原來就這麼簡單！柳遇春說得如此坦誠相對，李甲也就推心置腹地問：「如此說來，為十娘脫籍之事，豈非必成泡影？」

柳遇春沉吟了一會兒，對李甲說：「李兄，小弟有幾句話，怕說來不中聽，但你我同窗好友，我不說又枉我們這一場交誼。」

李甲訝然道：「柳兄，有何事但說無妨。」

柳遇春道：「煙花之地，偶爾尋歡尚可，絕不可聽任鴇母姑娘們擺佈。你想這杜姬十娘乃教坊中頭號人物，怎麼脫籍的身價銀只要三百兩？杜媽媽是個厲害角色，怎會如此便宜你呢？我看她是看準了李兄囊空如洗、借貸無門，就以這十日為限，隨便開出此數，不過是個花招，讓你知難而退，不要再待在她家。至於十娘，她與李兄相處年餘，固然日久有情，但經不起鴇母日夜相迫，因此同意這個用軟不用硬的法子，也未可知。」

柳遇春見李甲聽了此話，登時呆若木雞，心中不忍，又道：「遇春此言也不過是按理推測。李兄與十娘相處日久，對她了解自然比小弟深了百倍。」

要知道李甲三日來四處奔走，徒勞無功，本已有些喪氣，今番聽了柳遇春之言，心中七上八下，打不定主意，對脫籍一事難免起了疑心，但對十娘又始終戀戀不捨，一時不知如何是好，於是向柳遇春道：「那教坊司院，小弟暫不回去，可否容小弟在此借住幾日呢？」

話說李甲在柳遇春居處躲了兩天，把十娘急得像熱鍋上的螞蟻，思前想後，就怕他出了甚麼事。到了第三天早上，十娘悄悄吩咐一個小廝出來到處尋訪李甲，恰好李甲心中惦着十娘，又忘不了柳遇春的話，正在教坊外徘徊，六神無主，小廝看見他，一把拉住去向十娘回話。

十娘見了李甲，又憐又疼；李甲心中一酸，流下淚來，嘆道：「人情冷暖，我李甲今日方知。我白白奔忙了幾日，分文未得，脫籍之事眼看是無望了。」

十娘勸他止了淚，悄悄對他說：「李郎休要絕望，這些年來我攢下了一點兒私房，只因媽媽為人太厲害，我全縫了在自己那床薄被裏，算算也該有紋銀一百五十兩。我把床被交付與你，拿到外面拆開取出銀子，這三百兩的身價銀我付一半，餘下四天，希望李郎能籌得另一半。」說罷把薄被捲好，交與李甲，從後門偷偷送他出去。

李甲拿着一棉被的銀子，得尋個安穩的地方來拆開細看，於是重又回到柳遇春處，向他說明了原委。兩人拆開了棉被，果然如十娘所說，盡是碎銀子，稱了一下，不多不少正好一百五十兩。柳遇春嘆道：「小弟日前所言差矣！煙花中竟有如此至情女子，李兄得遇，果是奇緣。」

李甲嘆道：「可惜還欠一百五十兩。」

柳遇春毅然說：「李兄，這事包在小弟身上。」

李甲聽了不禁愕然。他深知柳遇春家度不過小康，如何一下子能拿出一百五十兩呢？柳遇春看他神色，已知他心意，笑道：「小弟雖是家徒四壁，但幸好人緣不壞，我這次去是以柳遇春之名借錢，就說是為了應急。李兄可以

放心，此事必成。」他看見李甲站起來要向他作揖道謝，馬上制止道：「李兄不必多禮。我這樣做不是為李兄，是要成全十娘這位女中豪傑。」

柳遇春所言果然不虛，到了限期第八天，他就已籌足銀子。李甲向十娘說明一切，十娘自是歡喜，吩咐李甲次日一早帶備銀子來為她脫籍，在這以前千萬不要漏了風聲，說完也不留他一宿，還是讓他回柳遇春處。

第二天一大早，李甲帶着銀子來到教坊，原來十娘早已拉了鴇母坐在廳上等着。十娘一見李甲，也不多話，只對母道：「李公子已帶來三百兩銀子，希望媽媽你不要食言，不然人財兩空，吃虧的仍是媽媽。」

鴇母眼看少說值三五千的一個姑娘，讓人用三百兩銀子就贖了去，心中後悔不已，但想到十娘的性子，卻又真的不敢強留。賠了夫人又折兵，只有氣道：「好，銀子放下，你可以走，但你一切衣著穿戴全是我添置的，一件也不能帶走。」

十娘一笑，向杜媽媽深深行了個萬福，頭也不回地牽着李甲的手走出了院門。

李甲正為無處安身發愁，誰知杜院門外已有五、六位十娘的手帕交正在守候，一見二人出來，馬上招呼他們到鄰院謝月朗家，然後吩咐備了酒菜，向李甲和十娘道喜，並邀二人先在謝家小住，以從長計議。

是夜十娘與李甲商量道：「雖然謝家媽媽是厚道之人，但我們住在此地，始終於她不便。李郎既有回鄉之計，我們還是及早成行為上。」

李甲聽了嘆道：「好是好，但我籌得的銀子都已交與杜媽媽，又何來盤川回鄉呢？」

十娘笑道：「不妨。月朗、素素等姐妹送了我們紋銀二十兩，車資船費儘夠了。現在我把銀子交付李郎，明天就去約車僱船好了。」

第二天李甲果然外出，一切安排停當，回來後與十娘辭別眾姐妹，不免又是一番飲宴，夜深才散。到了第三天早上，李甲所僱車子在院外恭候，二人先到柳遇春處道謝辭行。十娘一見柳遇春，倒身下拜，遇春慌忙答禮，道：「姑娘折煞柳某矣。姑娘乃至情之人，區區不過回風吹火，何足掛齒？」

三人各盡禮數，十娘與李甲乃拜別遇春，出得柳府之門，卻見肩輿紛紛而至，原來月朗、素素等姐妹趕了前來，捧着一個檀木箱子，有兩尺許寬，近兩尺深，封鎖極為牢固，交與十娘道：「十姐從郎君回鄉，眾姐妹無以為意，薄具禮儀，算是為姐添妝。」

十娘接過箱子，隨手放在車上，向姐妹們再拜道謝，便與李甲踏上旅程。二人車到潞河，捨陸從舟，自出都門，這方算有了歇息的餘地。在舟中安頓下來，十娘又與李甲商議道：「李郎，此行回鄉向尊大人請罪，你可有把握？」

所謂近鄉情怯，李甲解決了為十娘脫籍之事，去了首重掛慮，嚴父之怒氣馬上成了他的頭號重擔。聞得十娘此問，登時面有難色，支吾以對。

十娘何等聰明！馬上對李甲說：「若十娘馬上隨李郎

返家，可能未及分説，已惹得尊大人怒火中燒，不若我二人先到杭州賃屋而居，十娘安頓好了，李郎再自行返家謝罪，相信快則兩三月，遲則半年，十娘必可歸君家。」

李甲聽了，展顏一笑，卻又馬上皺起了眉。十娘不解，追問何事。李甲道：「眾姐妹所送盤川二十兩，今已用罄，賃屋安頓之事如何能辦？」

十娘取出檀木箱子，打開伸手進去拿出一個紅錦袋交與李甲曰：「姐妹臨別餽贈，何妨一看。」

李甲從袋中取出五錠銀子，原來是紋銀五十兩，大喜道：「十姐真乃李甲恩人，李甲粉身碎骨，也難報十姐恩情。」

十娘一笑道：「你我何需多禮？為李郎分憂正是十娘分內之事。李郎，趁此明月當空，我且為你歌一曲，如何？」

那五十兩銀子已足夠讓李甲顧慮全消，當此良辰美景，他自然樂意放開懷抱。

誰知十娘一曲清歌，卻驚醒了鄰舟一名鹽商，姓孫名富。此人承繼了家中的販鹽生意，家財極厚，又兼自命風流，乃煙花常客，一聽十娘歌藝，已知必有來歷，及至探頭一看，見鄰舟船頭上坐了一位絕色美人，素衣淡妝，若不是她開了金口，倒不知是風月中人。孫富僅此一眼，已是色與魂授，心想：如何方可探得門徑迎此美人歸？本來他是旅途無聊，飯後倒頭便睡，此刻則睡意全消了。

不久，孫富心生一計，對着李甲的船艙高聲背起詩

來：「雪滿山中高士臥，月明林下美人來。」

李甲聽到鄰舟有人吟哦，探頭一看，孫富自然不放過機會，馬上自行介紹，二人通了姓名鄉貫，倒也談得投機。於是孫富約了李甲翌日到附近酒樓買醉，說是要一解旅途寂寥。

一宿無話，第二天孫李二人結伴而出，十娘獨自留在船上。二人乘着酒興，說的盡是煙花之事，孫富乃歡場老手，評品各地麗人，話題甚多。李甲是個要面子之人，自然也想賣弄一下，於是把與十娘相戀及借銀脫籍之事，完全說與孫富。

孫富聽罷，起來向李甲一揖，笑道：「原來李兄乃多情公子，兄弟於京中於此事亦微有所聞，說是教坊嬌女閉門不納客，原來卻是李兄奇緣。不過孫某聞得李兄因此事而不容於尊大人，未知可是實情？」

此話好比一根刺，正中李甲痛處，他只有含糊地說：「此番回家，正為請罪。」

孫富一臉關注的表情，說道：「小弟有兩句忠言，怕說出來李兄不願聽。」

李甲謙稱：「哪裏，小弟甘願領教。」

孫富說：「李兄不見容於尊大人，正為貪戀十娘而至床頭金盡。今日歸家，不但身無長物，還帶着尊大人心目中的禍首，試想尊大人如何饒你？尊大人官居布政使，負教化一方之責，你此事又弄得京中人盡皆知，如果饒你，上何以對朝廷，下何以對百姓？李兄雖是長子嫡孫，但仍有二弟，萬一尊大人狠下心腸，逐你出門，李家仍然有

後。所以我得勸李兄一句：三思而行呀！」

李甲聽了這一番話，嚇得全身冒汗，頭昏手抖，話也說不出來了。孫富倒了一杯酒與他壓驚，又再開口道：「眼前倒有一個兩全之計，只是怕李兄難捨枕席之歡。」

李甲急問：「何計？請孫兄快快道來。」

孫富道：「尊大人既以十娘為禍水，若李兄能捨十娘，尊大人怒氣必消。所謂魚與熊掌不能兼得，世事往往如此。美人雖好，但抵得過骨肉至親、前途似錦嗎？十娘乃多情女子，自然不願見李兄因她而見絕於家庭。我與李兄一見如故，愛屋及烏，甘願代兄照顧十娘，並送兄千金之資。李兄回家見到尊大人，可直言未貪花酒，在京中授館，無浪費分毫之事，此時拿出千金為證，尊大人豈有不信之理？如此父子團圓，一家和睦，豈非美事？」

李甲聽了，覺得果然是上策：如此一來，他回家倒不是謝罪，而是闊謠了。只是十娘方面如何顧及呢？沉吟了好一會才說：「孫兄一席話，教小弟茅塞頓開。但十娘待我情深，我對她不能無義，且待我回去與她商議，如她願意，則依兄所言好了。」

孫富眼看美人如此輕易就到手，內心興奮莫名，口中說道：「只要好言相勸，不愁事情不成。」

孫李二人各自歸舟，李甲一見十娘，登時淚流如注。十娘驚問道：「李郎所為何事？」李甲只哭不語，經十娘再三追問，好言勸慰，方才止了淚，將孫富之言告知十娘。並道：「非我不欲與卿廝守，但魚與熊掌不能兩存也！」

十娘聽了，臉色登時發白，冷笑道：「李郎今番遇上一位真英雄，大丈夫，為你想得如此周詳，甚好。只不知他說的千金在哪裏？」

　　李甲見十娘竟無二話，就此答應，不禁露了一絲喜色，答道：「我未得十娘同意，豈敢接納？」

　　十娘道：「李郎馬上過舟，向孫某把銀子要來，就說十娘收拾停當，今日就歸他。」

　　李甲答應一聲，轉身就去了。

　　過了兩刻鐘，孫李二人已辦好交割，站在船頭恭候。十娘此時姍姍出來，簡衣便服，手上只捧着那檀木箱子，走到船頭盡處，把箱子一放，回身對李甲說：「李郎賣我，只為區區千金，可知十娘早已為李郎安排萬金之數，以息尊大人之怒？只是時機未至，不便明言。今日李郎既得千金，十娘亦不必再操此心了。」

　　說着打開木箱，一手抓出金銀玉石，投諸河中，又一手拿出黃金兩錠，也隨玉石落水；如此三番四次，拿出釵環首飾、明珠寶石，價值難以勝數，一一投於河裏。孫李二人看得目瞪口呆，過了良久方欲上前制止。十娘蓋上檀木箱，一手抱了起來，罵道：「李甲有眼無珠，孫富心懷淫慾，十娘再卑再賤，亦勝於汝等。」說罷縱身投入江中。

　　孫李二人急嚷，叫岸上找人援救，奈何天色已暗，風浪又作，轉眼已不見十娘蹤影。

　　孫富問心有愧，受驚大病，時夢見十娘厲鬼討命；李甲大哭三日，仍舊回鄉，但自此形容枯槁，無復當年風雅矣。

十娘死訊輾轉傳至京師，柳遇春得聞此事，咬牙道：「遇春當天起誓：今生不論貧賤富貴，絕不再與李甲有任何瓜葛！」

卻說十娘抱着木箱，隨水漂浮，離了泊舟之處，便泅泳起來，但因不敢在附近登岸，而波濤又大，雖說有驚無險，亦甚困苦。在江心漂流了半個時辰，險些撞向一艘官船，船上人細看，吃了一驚，馬上把她救起。

原來這官船是顧尚書夫人歸寧三月，特派來接她回府的。夫人聽說在河中救了一名女子，親來探視，和藹可親，十娘便把身世盡告於她。夫人聽了，太息下淚，又勸十娘放心在此歇息，一切有她作主。

到了次日，船近京師，夫人召十娘至房中，說自己年已六十，並無所出，願收十娘為義女。

十娘經此變故，舉目無親，哪有不願呢？夫人又吩咐，要她認作自己娘家遠房親戚，父母雙亡。一切安排停當，十娘跪下叩首行禮，二人遂母女相稱，十娘用回原名，改名顧媺。

如此媺娘離京數日，又再轉還，但此番卻是以尚書千金的身份，居於深院大宅之中，承歡於義父義母膝下。光陰荏苒，轉眼又是三年，媺娘每日讀書刺繡之餘，助夫人主持家政，深得上下愛戴。

這日飯後，夫人來到媺娘房中，說是有要事相告。兩人坐定，夫人說：「女兒，你父親近月常跟我說，女大不中留，該替你找門親事了。」

嫩娘搖頭道：「女兒身世，娘是知道的，女兒只願侍奉娘親終老，不願嫁人。」

　　夫人嘆道：「女兒受過大苦，娘哪有不知？只是有朝一日，做爹娘的去了，你孤苦一人，如何過日子？」

　　嫩娘道：「女兒已有打算，侍奉雙親終老後，女兒願意剃度出家。」

　　夫人不禁笑道：「披上袈裟事更多！女兒，娘活了六十多年，得來這個體會：作為女子，最安穩的就是在富貴人家深院大宅之中做個堂堂正正的夫人。愛管事的，一家上下幾十人，夠你熱熱鬧鬧；不愛管事的，關上門誦經唸佛，樂得清靜。只要老爺是個和藹的人，就不會起紛爭。也許換一個年代，像你這樣聰明伶俐的女子可以闖出自己的天地，但我們活在眼前，一個孤身女子，不管是貧是富，總會受人欺負，明偷暗搶，娘是見多了。再說，女兒你如此容色，出家也罷，在家也罷，如果是孤身一人，怕有大難。」

　　十娘尋思往事，不得不說夫人之言有理，但十年閱歷，早已無男歡女愛之心，因此沉吟不語。夫人又道：

　　「婚姻此事，所求乃寄託，就像找個居所，必須根基穩固，否則裝飾得再花巧，也要塌下來。現在趁你爹仍在高位，我們仔細挑選，你可以知己知彼，方是上策。」

　　十娘聽了，只得答道：「既然如此，但憑爹娘作主。但女兒以為一切以坦誠為貴，不願有所欺瞞。」

　　夫人點頭道：「好，此乃細節，可以容後商量。」

兩個月後，顧尚書喜滋滋地對夫人說：「我依你的話，找人暗地裏打聽，女兒親事已有三個好人選，你現在就把人名拿去讓嫩兒一看吧。」

夫人依言來到顧嫩房中，放下三張名帖，把尚書的話說了。嫩娘一看，原來是：

張航，新科榜眼，欽點翰林院。

李甲，李布政長子，捐粟監生。

柳遇春，外放濟南知府，月內離京。

夫人笑看着嫩娘，只見她略一沉吟，抬頭便說：「娘，我選中了。」

「是誰？」

嫩娘伸出手來，拿起其中一張名帖：柳遇春。

夫人有點錯愕，說道：「我還以為你會選那一位。」說着眼睛瞄向李甲的名帖。

嫩娘搖頭道：「如娘親所說，此人乃無根之樹，無基之房。當年恩深情重，憑旁人三言兩語，尚且可以迫得我走投無路，又焉可再託終身？這位柳公子就是當年仗義挺身借錢替我脫籍的恩公。」

夫人笑道：「如此說來，女兒果然想通了，可喜可賀。」說罷回到廳上，向尚書回報。顧尚書讚嘆道：「若說科名，我以為她會選張生；若論門戶，我又以為她會選李生；原來都不是。柳生此人節義有豪氣，名聲甚佳，將來當可成器，女兒可說獨具慧眼了。」

夫人笑道：「老爺，我們這個女兒的聰明處，你知道的還少呢。」

柳遇春外放離京在即，竟蒙尚書許以千金，可說是雙喜臨門了。這日尚書府家人送來條子，說是請柳大人到府議事。遇春到得府上，家人引他到一小書房就退下了；他推門進去，竟見一位小姐坐在房中，面貌似曾相識，定睛一看，嚇了一跳：這可不是三年前投水而死的杜十娘？

嫩娘站起來行個萬福，說道：「大人無須疑惑，十娘未死，而且得尚書大人認為義女，用回本名。我就是顧嫩。」

柳遇春不免大為奸奇，追問道：「此事始末如何，小姐是否可以相告？」

嫩娘答道：「我本是漁家之女，十二歲那年遇上大災，父母俱亡，才被賣入青樓，漁家女自然熟水性，所以我跳進河裏，雖是冒險，卻還有幾分死裏求生的把握。柳大人試想，以我一弱質女子，如果不是李孫二人認定我已死去，焉有逃離魔掌之理？」

柳遇春追問道：「可是據說十娘是抱着個大箱子投河，旋即沉到河底的，這又何解呢？」

嫩娘說：「屈子抱石投江，自然馬上沉了下去；十娘抱的是木箱，有助於漂浮。這箱子之內，本放滿了金銀玉石，假如原封不動扔進水裏，因為太重了，也是要沉的。所以我當着二小面前把過半財寶拋進河裏，一來可以羞辱他們，二來令他們相信我抱了必死之心，三來減輕箱內重量，不致不浮反沉。」

柳遇春聽到這裏，不禁喝采道：「小姐機智過人，下官真是五體投地。最難得者，乃是不惜把自己的財富餵與

河魚；換了凡夫俗子，如何捨得？」

嫩娘答道：「大人過譽了。嫩娘棄寶也不過事出權宜，而且尚留下小半財寶在箱中，作為以後度日之資。我當時只是想瞞過二人，以後獨自過平淡日子，沒想到會被尚書夫人所救，憐我身世，收為義女。大人，除了我義母之外，大人是唯一知道嫩娘身世的人了。」

柳遇春道：「下官蒙小姐信任，不勝汗顏。」

嫩娘道：「今日相邀過府，實有一事要向大人言明。嫩娘本意終生侍義母，但義母多番規勸，說當今之世，為女子者，獨身必遭人欺，不論貴賤。加上義父勸婚，嫩娘自信雖已自絕於男女之情，亦仍可堅守夫妻之義，所願者乃是不欺暗室。大人向知嫩娘身世，又是磊落光明仗義之人，如對此婚姻認為不堪匹配，不妨直言，嫩娘自當婉告義父退婚，兩家不傷和好。如蒙大人不棄，願為婚配，請聽嫩娘一言：人之相處貴乎敬，如無敬意，一切輕憐淺愛只是春夢秋雲。嫩娘最敬者乃大人之仁義，此不涉兒女私情，若大人他日情有所鍾，嫩娘絕無忌意，願為之助。」

柳遇春肅然而立，向嫩娘拱手一揖，道：「三年前遇春於小姐為人只知一二，已覺小姐乃女中豪傑；今日聞得死裏逃生之事，又覺小姐乃女中諸葛。遇春何幸，得妻若此，自當遵從小姐之訓：相敬如賓。」

嫩娘聽罷，向柳遇春一拜還禮，雙手拿起桌上茶盅高舉過額，笑道：「舉案齊眉。」

雷峰塔

如果雷峰塔三個字一時喚不起你的記憶，那麼就換上「白蛇傳」吧。

白素貞和許仙的故事大概是文學和藝術方面衍生出最多後代的一位「祖先」；信手拈來，有馮夢龍《警世通言》裏的〈白娘子永鎮雷峰塔〉，劉以鬯的〈蛇〉，雲門林懷民的《白蛇傳》，還有京劇、國語片、粵語片不知多少個版本；有把它看作黑白分明的人妖之爭的，有痛恨法海和尚多管閒事的，有寫成三角戀愛的……不一而足。

既然這個園地這麼熱鬧，我也不妨來趕這個集，找個沒人的角落，說一個以人為本，又以男人的制度為綱的故事。

***

「都只怨那一杯雄黃酒！」

有多少人聽了白素貞的故事後，曾經發出這樣的嘆息呢？

「法海和尚這個禿驢十惡不赦！」

又有多少人為了白娘娘抱不平時，曾經如此破口大罵呢？

其實就憑幾杯水酒，一個和尚，真的就定奪了白素貞的命運嗎？讓我們回到白娘娘端午喝酒的一剎那，也許就會知道故事背後的故事了。

「姊姊，這酒您千萬不能喝，萬一醉酒後現出真身，怕會誤事呢！」說話的是一名青年女子，身穿淡綠衣裙，不必多作介紹，大家也知道這就是傳說中的青蛇了。

「誤事？小青，我甚麼事都已誤盡了，還有甚麼顧忌呢？你別管我。人家都說：一醉解千愁，難道我修來千年道行，就連像一個普通的凡人那樣醉上一回也不可以嗎？」白素貞拿起桌上的酒杯，一飲而盡，臉上那憂怨無奈的表情，加上說話時那哀傷欲絕的語氣，令小青欲勸無從，只有垂着頭呆呆地站在一旁。

白素貞連飲數杯，臉上卻愈見蒼白，轉過頭來向小青苦笑着說：「你別老在這兒，出去逛逛吧。」

小青知道自己無能為力，只好退下，可是臨去時還是忍不住再勸一句：「姊姊一切寬心，事情其實也不算太壞。人世間又有多少個完人呢？多少人都是這樣將就着過去的，姊姊又何苦如此執著呢？」

白素貞聽了此話，文風不動地坐在那裏，小青只好嘆着氣退了下來。此時白娘娘舉杯再飲，心中反覆就只有小青最後那句話：何苦如此執著呢？

三年前，白娘娘決定下山報恩，委身下嫁許仙之時，小青也曾一再重複，說着同一句話：何苦如此執著呢？是的，報恩本來不一定要以身相許，可是當時她只是想：幾百年前不得此人相救，何來修成正果之日？如果只報以重金厚禮，不過是身外之物，又何以表其大恩大德？因此在下山時就已打定這以身相許的主意。及後在西子湖畔濛濛煙雨中與許仙碰面，見他長得一派斯文，如臨風玉樹，彷彿就是當年救命恩人的模樣，委身一事，就更是勢在必行了。小青把一切看在眼裏，只是不語，倒是在議婚之後微笑着向白素貞道：「許相公溫文儒雅，也不好爭名逐權，今後事事有姊姊照應，一定暢意勝心。姊姊得報大恩，小青也為姊姊高興。」

　　「事事有姊姊照應！」白素貞想到此處，不由得苦笑起來，拿起酒杯一飲而盡。青蛇啊青蛇，你道行法力都遠不如我，為何卻似有神機妙算，早就看透了這三年的事情！

　　回想新婚之時，許仙一無所有，對家中裏外各事全無意見，自然是難免的。白素貞知道許仙無心功名，深覺他是個卓爾不群的人，雖然不留心實務，也自有其可敬之處。兩人日夕相對，論詩說畫，起初還覺得時光流逝，漸漸卻又有點困倦之意了。

　　白素貞見許仙整日悶在家中，脾氣愈來愈煩躁，也曾多番提意到遠近各名勝舒展身心。就像在其他事情上一樣，許仙對於出遊也是拿不定主意的，但在遊程之中，若有不愜意的地方，卻必定溢於言表。如此數月下來，白素

貞感到二人每日無所事事，絕非正理，也曾與許仙商議讓他按自己興趣做一點實務，好打發光陰。結果呢？

「娘子之言固然有理，但想世人營營役役，也不過為求一宿兩餐，如今咱們吃喝不愁，又有良田美宅，自然不必為了謀生而幹事情。若說考功名，娘子也知道我本來就無名心祿性；若說經商，那是卑俗不堪的事，本來就不是我輩讀書人該做的事情；若說設館教書，我自問雖有此才華學問，但畢竟那是窮酸們的勾當，我也不願意去壞他們的事，也不願意為此丟娘子的臉……」

如此又過了數月，白素貞開始每日默念許仙曾有大恩於自己，為此亦勉力安排令他適意的生活。但與此同時，白娘娘又起了做一番事業的心；既然下山到人世來，正好藉此機會濟世救人，減輕人間疾苦，同時也可以讓自己夫婦倆有實務可幹，不必終日相對無聊，於是再與許仙商議，說是開設一所藥店，贈醫施藥，那樣既不是營商，不沾銅臭，又不是教館，不會寒酸，料想許仙也不會反對吧？

「娘子乃大家閨秀，怎會想出此拋頭露臉的事情來？貧苦之家，衣衫不整的不說，還多粗言穢語，行為舉止也失禮失儀，又怎好讓娘子望聞問切？如果說是惜病憐貧，那麼每月發放幾十兩銀子讓他們尋醫也就是了，何苦自找麻煩呢？」

白素貞多月來積於心中那股悶氣，這一次倒沒有為了許仙幾句話而打消，似乎是開設醫館的心意已決。如此一來，夫妻兩人之間那份若有若無的隔膜就變得明顯了。終

於有那麼一天，白素貞不知道已是第幾次向許仙提出醫館之事，許仙一改平日態度，竟說：「娘子既有此意，就隨娘子的意思辦吧。」

你道是許仙突然性格轉變了嗎？卻原來他只是想白素貞鬧着開醫館不過是一時貪玩，不到數月自然興味索然，而且她花的又是她自家的錢，雖說拋頭露臉，讓她換來一個教訓也未嘗不可。

許仙始料不及的是白素貞不但沒有在數月後把醫館關掉，而且還在地方上做出名堂來，不但貧苦人家來求醫求藥，連有頭有臉的也每每親自拜訪，帶着厚禮來就醫。許仙在醫館開業之初，還順着妻子的意思每天在館裏幫忙一兩個時辰，可是隨着醫務愈來愈忙，白娘娘名氣愈來愈大，許仙就愈不願意留在館中，讓人家以為他是個幫閒打雜的。起初他好言相勸，要白素貞注意自己的健康，應該出外遊玩一下，後來見相勸無效，不免冷言相對，而且變得脾氣暴躁。雖然他軟硬兼施，但白素貞完全不為所動，許仙一氣之下，決定獨自出門遊山玩水，於是命小青給他理好包袱，又提了數百兩黃金，帶着一個侍從出門去了。

許仙雖說是一氣離家，但他天性愛棄難取易，亦慣於捨遠圖近，因此只是在蘇杭一帶逛逛名山勝景，每到一處必先打聽有那一家舒適旅館或著名食肆，但吃過住過以後又不覺得怎麼稀奇，所以總是停留兩三天就再次上道。一日，許仙與侍從來到一座小鎮，聽說附近的古剎不但風景優美，而且齋菜遠近馳名，於是決定到這家寺院去住上幾天。

從小鎮到古刹不過半日的路程，但許仙已十分不耐煩，邊走邊抱怨古寺地點偏僻，路上無棧無店，早知如此不去也罷。說着已到了古寺，許仙感到既飢且渴，嫌寺中小沙彌送茶備菜太慢，竟高聲責備起來。就在此時，古寺主持人聞聲趕來，上前道歉，希望打個圓場，誰知他一見許仙，竟然驚奇得目瞪口呆。

許仙見主持出來，既不與自己相見問好，亦不為小沙彌躲懶而道歉，氣得向侍從道：「看來此處是必須先添香油，主持人再酌情招待吧！」

主持至此才驚覺過來，急忙向許仙施禮說道：「施主請勿見怪，小徒若有怠慢之處，老衲這廂陪個不是。請施主到裏間用膳，老衲尚有一事請教。」

許仙坐在桌前，面對名茶好菜，心情立刻大為改善，一邊吃喝，一邊與主持搭訕起來。二人客套地說了幾句話，許仙忽道：「真是失禮，還未請教禪師大號。」

主持此刻又是盯着許仙細看，半晌才驚覺許仙的問題，答道：「貧僧法海。」說罷沉吟了一陣子，終於向許仙說道：「施主，老衲一直定眼打量施主，實在失禮，事緣老衲於相學吉凶之術頗知一二，而從未見過如施主之相那麼奇異的。假如施主不見怪，老衲想請教：施主自幼家貧，是否近年忽有奇遇，家道轉佳而且是不勞而得？」

許仙聽說老和尚精於相學，就想是老僧人一貫討好進香客之道，誰知他說的話竟似有幾分道理，雖說「不勞而得」一語令他不快，但仍不自覺地放下手中筷子，點頭答道：「正是如此。」

法海聽後拈鬚點頭問道：「施主的奇遇，是否與尊夫人有關呢？」接着也不等許仙回答，就繼續說下去：「施主身上帶着一股異氣，半仙半妖，唯獨不帶邪惡，施主可以放心。眼下施主似乎就要面臨重大抉擇，雖然說不論結果如何，施主起碼可以做個悠閒的小富，半生享用不盡，但如果選擇得宜，卻可以得到非凡的清貴，真是可喜可賀。縱有災劫，亦必有貴人扶助，可以安然度過。」

　　許仙聽了老和尚之言，雖然不明所指，但既然說的是自己既富且貴，自然聽得心花怒放，欲請法海直言指點，但法海只是說道：「施主之富貴，全繫於尊夫人一身，至於未來之事，貧僧並未得天機，只能勸施主一句——一切順其自然，則自然可得天祐。」

　　許仙想道：「既然一己富貴全在白氏素貞身上，似亦不應離家過久，以免天機有變。」於是在飽餐之後，留宿一宵，翌晨破曉即起程回家，臨走時除了添下不少香油外，還邀老和尚下山到訪，以報答指點迷津之恩。

　　就這樣，許仙帶着侍從晝行夜宿，喝在名茶館吃在名酒家，不久也就家鄉在望了。此時許仙見到各大小店舖都掛出了端陽的應節食品，才知道原來已到了這個佳節。

　　白素貞一杯接一杯地喝，本以為是借酒消愁，誰知愈喝心裏愈難受。三年前下山固然是抱着報恩之心，但自從西湖之畔與許仙見面後，又何嘗沒有一絲夫唱婦隨、齊眉舉案之望？

「也許當年我該先觀察他的行為人品，再決定是否委身下嫁！」白素貞想。

這個想法像潮汐的第一波。自下山以來，白素貞雖然變着辦法希望與許仙取得一致步伐，但始終沒有承認下山是個錯誤，更沒有承認下嫁是個錯誤。自從醫館開業以後，每遇到心情煩悶，就只關門研究治病的草藥良方。但許仙獨自出門之後，白素貞竟立刻有如釋重負的感覺，從起初數天感到輕鬆，到數旬後竟有未下山前那種衷心欣喜 —— 白素貞終於領悟到自己為了報恩付出了甚麼代價。

報恩是應該的，可是下嫁又是否必然的呢？白素貞想到小青當年的話 —— 對啊！報恩難道就一定要下嫁嗎？

但事已至此，尚有何話可說呢？許仙到底有何過錯呢？他既不酗酒，又不豪賭，更沒有拈花惹草，自己也不希冀他去贏取功名富貴 —— 就人類的夫妻關係來說，他們兩人不是稱得上是模範嗎？不錯，鄰里鄉親誰不對他們稱羨？

白素貞化作人形居此三年，為的就是要別人稱羨嗎？在山中修行數百年，她何嘗曾受「外物」的反應影響？三年來她用報恩這個煙幕蓋掩自己的失意，正如三年前她以報恩為藉口下山追尋愛情。現在煙幕破了，白素貞必得面對這個問題 —— 下山下嫁這個決定是對還是錯呢？

人類一生匆匆數十寒暑，往往得過且過地流逝了。但白素貞並沒有這種人類素性，她慣於鍥而不捨地追尋自己的目標，而這三年來的經歷，並不是她想要追尋的。

她終於明白三年前做了錯誤的決定，而她是不會讓錯誤持續下去的。此念一興，白素貞頓覺身心都無比輕鬆，她倚在床邊，不再有任何煩惱，沉沉入睡了。

　　就在此時，許仙回到家門，急不及待地走到內堂要與白素貞相見。他走進寢室，但見床上臥着的是一條巨大白蛇，嚇得連叫也沒有叫出聲音，就已昏死過去。

　　小青一手抓着一名護草仙童，口中說道：「兩位仙兄，得罪了。」白素貞在旁伸手正要採摘靈芝仙草，就在此時，一名白衣仙翁突然現身，手中塵拂一揮，把白素貞的手隔開，口中喝道：「不要輕舉妄動！」

　　白素貞與小青肅立下拜，齊聲說道：「我姊妹二人盜仙草，全是為了救人一命，望仙翁高抬貴手，成全我們。」

　　仙翁皺着眉問道：「你們說要救人，到底所救者何人？」

　　小青急着回答道：「姊姊的丈夫因驚惶過度昏死過去，已斷氣幾個時辰了，如果不立刻救治，恐怕返魂無術。」

　　仙翁聽罷轉身向白素貞道：「然則你是夫妻情深，所以甘願冒犯天庭亦不願忍受死別的悲痛了？如果是生離，你又如何呢？」

　　白素貞聽了此話，心中一顫，再看仙翁，嘴角掛着一個嘲弄似的微笑，細看之下，又像是同情。白素貞不禁低頭沉思起來。仙翁於是又再說道：「死生有命，本來不必

亦不可強求，一旦強求，則冤孽更深。小娘子修鍊千年，難道仍不明此理？」

白素貞跪倒地上，仰着頭向仙翁求懇道：「承蒙大仙指點，小妖永生不忘恩德，但伯仁之死，其罪在我，小妖如果救不了他，自覺罪咎纏身，萬劫不復。求大仙成全！」

仙翁長嘆道：「你救得了他，也可能萬劫不復。」

白素貞流下兩行清淚，低聲道：「小妖甘心冒此險。」

仙翁見事已至此，搖首長嘆，一眨眼間就帶着仙童離去了，把靈芝仙草留在仙石上。

許仙但覺身體飄飄盪盪，勉力要睜開雙眼，卻覺得眼皮沉重無比，耳畔聽到有人說：「活過來了！」彷彿是小青的聲音。他用力一睜眼，但見眼前一團白光，立刻想起暈倒前所見景象，於是一躍而起，蜷曲在床角，口中慘叫道：「蛇，有蛇！」

小青與白素貞好不容易才讓許仙安靜下來，休息了兩三天。白素貞見許仙已恢復元氣，行動如常，於是鼓起勇氣，拉着小青作證，向許仙說出自己本非人身，化為人形下山亦只是為了報恩，如今時機已到，姊妹二人必須返回山中繼續修行。

許仙聽了此言，只是不信，但想到床上那條白蛇，又有點半信半疑。若說要與巨蛇同衾共枕，自然非他所願為，但白素貞一向只會救人從不害人……想到這裏，許

仙腦海中靈光一現，閃出老和尚法海那句話——一生富貴，全繫於白素貞身上！

算她是蛇好了，我許仙大可再娶三妻四妾，為許門散葉開枝，反正有她在這兒，就有滿門富貴，可以不勞而得。

想好了，許仙不但面上毫無驚懼之色，反而向白素貞長揖到地，口中說道：「娘子以上仙之尊下嫁小人，小人因淺見寡識，見上仙原形竟嚇得昏死，上仙為拯救小人奔波天界，小人重罪、重罪。小人從今定當效犬馬之勞，晨昏供奉，不敢稍作冒犯。小人日後再添家中人口，亦必以上仙為一家之主，絕不稍有偏差……」

白素貞修為再高，也料不到許仙的態度竟有此驚人的轉變。本以為他會驚惶失措，巴不得白素貞及小青立刻遠離此地，誰知他不但毫無懼色，而且油腔滑調，一直說是無心功名，卻原來官僚氣味十足，一連串的「上仙」和「小人」，顯然已不再視白素貞為妻子，何況還直接說到「再添家中人」……聽到這裏，白素貞心中湧現的不是妒意，而是無窮悔恨。縱然多聽多說又有何益呢？

她搖頭嘆道：「你我緣份已盡，不必再多言了。當年你有恩於我，我因而下山報恩；你既因我嚇得昏死，我亦已盜仙草救回你一命，此後互不相干，亦不敢有勞相公供奉。白素貞今日就回山，以後相公請多多珍重。」

白素貞說罷，轉身就走。許仙手足無措之餘，上前一把將她拉住，高叫：「上仙慢走！」

白素貞見他如此拉拉扯扯，只覺心煩意亂，小青卻再

忍不住了，一拂衣袖隔開許信之手，正色道：「許相公，姊姊與我今番離去，田產房舍、店舖財帛一概留下，相公和家中人口以後雖非大富，亦算小康，許相公還是自求多福吧，不必依依不捨，更不必相送了。」

許仙聽罷此言，恍似一盆冰水從頭灌下，心想：今日她遺下此等好處與我，他日我再娶時，難保她不醋海翻波，把房產財物全部用法力奪走。尋常女子已夠難纏，何況她不是人類，又法力無邊？

所謂人急智生，許仙忽然就想到給他看相的老和尚，料想此高僧既能看出白素貞來歷，就該有治妖之法。但如何請得老和尚相助呢？許仙心生一計，忽然整冠肅立，向白素貞說道：「上仙既然去意已決，小人不敢多留，但小人想，上仙既曾委身下嫁，與小人拜過天地神明，如今說走就走，既不合人間禮法，亦無以對神明交代。小人建議，上仙與小人同赴一家名山大寺，向神明參拜，當着高僧與菩薩面前了結前緣，如此一來，小人方可問心無愧，可對天地神明。」說罷，許仙又對着白素貞長揖到地。

白素貞見此情景，早已煩不勝煩，心想即使如他所說在菩薩跟前了結前塵，也不過多花一、兩個時辰，遠勝在此看着他死纏爛打，於是點頭首肯。

小青見狀，不由氣得頓足嘆道：「姊姊，理他作甚！」

白素貞搖搖頭道：「算了，算了。」然後向許仙問道：「到哪裏，你說吧。」

許仙頓時喜上眉梢，朗聲道：「金山寺！」

許仙搖搖晃晃地跑進大雄寶殿，口中高喚「法海禪師」。剛才白素貞與小青挾着他騰雲駕霧而來，所以現在走起路來還感到腳不沾地。但他也顧不得這些許小事了，總得先尋着禪師要緊，於是拋下白素貞及小青在寺門外，自己氣急敗壞地跑了進來。此時法海正在殿前焚香祝禱，見許仙倉皇跑進來，忙站起來迎接，問是何事。許仙未吐半語，卻先跪倒佛前，向着菩薩叩拜，接着又拜法海，口中說道：「大師，您要主持公道，主持正義啊！」

　　法海一把將許仙扶起，急問道：「許相公，到底何事令你如此驚惶失措？」

　　許仙站好了，整理衣冠，一臉嚴肅地說道：「大師，晚生雖然淡薄功名，但亦算飽讀聖賢之書，自問知道道德禮義，聖人之教，未敢或忘。晚生日前離開寶剎回到家中，心想可與夫人共度佳節，誰知夫人竟施法術將晚生嚇得死去活來，還強迫晚生與她離異。」

　　白素貞看見許仙此番表現，氣得說不出話來。倒是小青頓時舉起拳頭，喝道：「許仙，原來你是這樣的反覆小人！明明說好到此稟告神明，和姊姊了斷夫妻緣份，現在對着這個和尚就胡說八道，你再不住口，看我不好好教訓你一頓！」

　　許仙見此情況，三步當作兩步走，匆匆躲到法海背後，探出頭來板起臉說道：「你不過是個陪嫁婢女的身份，這兒沒有你說話的地方。」回過頭來，又對法海作一個揖，道：「法師，就是這個小妖破壞娘子跟我的感情，請法師好好懲治她。」

小青聽了此話，怒火中燒，趨前要打許仙，卻讓白素貞一把拉住，勸道：「算了！我們今日總算看清此人面目，犯不着和他計較。我們姊妹二人馬上回山去吧！」

　　許仙眼看「一生榮貴」腳不沾地似的往廟外走，而法海老和尚並無阻攔之意，自己又不敢追上前去，真是急得如熱鍋上的螞蟻。所謂人急智生，在此千鈞一髮之際，許仙腦海中靈光一閃，高叫道：「娘子，你腹中懷有我許家血脈，怎能說走就走？」

　　法海聽了此話，本來沒有甚麼表情的臉孔頓時露了生氣，不知哪來的一股勁兒，飛也似地落在白素貞與小青面前，雙掌合十施禮問道：「貧僧敢問，許施主所說的話當真？」

　　白素貞臉色顯得有點蒼白，但神態自若，直看着法海雙目，聲音平穩地說：「不錯，小女子是懷孕了。」

　　法海祥和地一笑，說道：「許夫人，既然如此，又何必弄得骨肉分離呢？」

　　許仙此時也趕上來了，對着法海頻頻作揖：「大師，大師，小人三代單傳，請大師務必替小人保留這一點血脈。」回過頭來，又對白素貞說：「娘子，許仙自問從未對娘子有不敬之處，娘子在此時此際要離開許家，豈非置許仙於萬劫不復之地？試問許仙如何向泉下列祖列宗交代呢？」

　　白素貞嘆一口氣，對許仙說道：「許相公，你我夫妻情份已盡，這一點相公心中很明白，也曾經當着小青面前答應讓素貞回山，因何一進廟門，態度完全改變呢？」

許仙眼看懇求行不通，臉色一變，莊重地說：「夫妻關係乃人類綱常，一切得守禮儀規範，娘子雖然非我族類，但既入許家門，又未曾犯下大過，我許仙絕無休妻之理。」

小青在旁煩不過來，一把推開許仙，說：「現在不是你休姊姊，是姊姊休你，你別嚕囌了吧！」

法海扶着差點兒倒在地上的許仙，向小青正色道：「小娘子休得無禮。倫理綱常豈是用來開玩笑的事？」回身又對白素貞說：「許夫人，即使許相公有諸多不是，夫人腹中懷的仍是許家血脈，貧僧絕不能眼看着許相公骨肉分離。」

小青聽了，搶着問：「然則老和尚是要眼看我姊姊母子分離了？」

法海一怔，然後仍舊對白素貞說：「許夫人，父子、夫婦，千百年來乃五倫之本，以父為綱、以夫為綱，貧僧所言，絕非虛妄，請許夫人三思。」

白素貞一臉坦然地看着法海，問道：「如果素貞堅持要馬上離開，大師又會怎樣做呢？」

法海低眉合十，喃喃道：「阿彌陀佛！貧僧恐怕要開罪夫人了。」

白素貞拉着小青的手，對法海說：「好！白素貞今日若然沒有本領勸得法師不再插手此事，就任憑法師處置吧。但小青妹妹與這件事並無切身關係，不論後果如何，請法師答應讓妹妹全身而退。」

法海點頭嘆道：「善哉！善哉！許夫人真乃女中豪

傑，但為何誓要執迷不悟呢？」

白素貞抬頭一笑，直視法海道：「素貞有所執，大師又何嘗無所執呢？既然如此，還是先分高下吧！」

於是，一場著名的「水淹金山」上演了。法海面對滔滔大水，施盡生平所學之法，仍然無法解救古寺這一劫，眼看再拖下去，寺院必定被毀，搖頭嘆道：「命也！命也！許施主不必再爭了。」

豈料就在此時，白素貞施法太久，動了胎氣，忽然跌倒在地上。小青一人法力不足以支持大局，滔天大水就此退得無影無蹤。

小青扶着白素貞，急道：「姊姊，我們快走！」

白素貞猶豫之際，法海奔出寺來，一揮衣袖，雷峰塔凌空飛出，把白娘娘困在裏面了。

小青與法海同時奔到塔前，聽到白素貞微弱的聲音說：「大師，你勝了。但大師所勝者，不在技，不在理，只在時間而已。小青，你走吧！永遠不要再到這人間來了。」

法海合十長揖到地，喃喃道：「善哉！善哉！」

梁祝無恨

三載同窗、十八相送、樓臺會、哭墳、化蝶，這是傳統
梁祝恨史，是自由戀愛與封建社會制度之爭。

「早來三日梁家婦，遲來三日馬家娘」，果真如
此，這部恨史得怪其蠢如牛、其笨如鵝的傳統梁兄哥。
可是英台既是佳人，又有膽色，兼且與山伯相處三年，
不是甚麼昏了頭的一見傾情，又怎會挑一個如斯笨鈍的
人，來配自己玲瓏剔透之心？

也許個人與社會的鬥爭再劇烈，也比不上自己內心
之爭。

***

隰桑有阿·其葉有難·既見君子·其樂如何

他們相遇在煙雨飄搖的春季。

三叉道口，一個古樸的亭子，雖然簡陋，也能擋春天
的牛毛雨絲。遠道投師而來的梁山伯與侍從走到此地，已

是衣衫半濕。縱然此去書院，不過是十多里路，個多時辰的腳程，但渾身淌着水，終究不是辦法，還好可以借此亭子暫避，換上乾爽的鞋襪，免得着涼。

就在此時，遠處有一位年輕公子，領着書童，也向亭子跑來。公子以衣袖蓋頭，走得頗見狼狽，又不時回身催促小書童，以致衝進亭子，才發現此地已坐了人。

此時的梁山伯，濕鞋已脫，乾襪未穿，要坐不是，要起也不能，狼狽之情，只有比來人更甚。手足無措的梁山伯抬頭正欲向來人陪禮，眼前竟是一張眉似春山、面如敷粉的臉，他怔住了：「世間豈有如此秀美的男子！」

來人見梁山伯手執鞋襪，赤腳瞪目的模樣，既覺有趣，又是尷尬，剎那間自己的臉漲得通紅，回身退出亭子。

此時剛從後趕到的小書童看見來人退出亭子，急道：「小——少爺，雨還沒停，總得避一下。」

「亭中有人，諸多不便。我們——就在這兒站一會好了。」

梁山伯至此方回過神來，趕忙穿上鞋襪，跑過來道歉：「兄台，小弟實在失禮，還望海量包涵。亭子乃公眾地方，小弟一時不慎，舉止失儀，還望兄台見諒。兄台儘管進去避雨，小弟馬上就要上路了。」

來人見此情況，實不宜拒人於千里。況且衣衫已濕，亦不宜久立雨中，於是向梁山伯回禮道：「兄台太客氣了，方才是小弟冒昧。誠如兄台所說，亭子乃公眾地方，你我自然可以一同避雨。」

二人與侍從重入亭中，寒暄幾句，互道出門的因由，原來卻都是慕名要拜在陳師門下，未幾就是同門了。二人互通姓名，道過長幼，自是兄弟相稱。梁山伯道：「愚兄虛長三歲，有僭了。」

「梁兄客氣了，以後英台還得仰仗梁兄教導。」這位來自祝家莊的少爺向梁山伯一揖，臉上微紅。山伯不禁伸出手來相扶。祝英台突然退了半步，順勢伸出一隻手向外一讓，說道：「梁兄，雨停了，我們上路吧。」

就在那一霎間，梁山伯注意到祝公子的體態舉止，還有耳垂的小孔，稚嫩的聲音……

「世間豈有如此秀美的男子！」他想。

有匪君子‧如切如磋‧如琢如磨

在書院的第一個月，是最教人提心吊膽的日子。假如沒有山伯，英台這一段恐怕已熬不過去了，哪兒還真能享受求學之樂呢？當初一心只想到投師，從沒想過在書院過日子還有許多艱難之處。

回想當天初到書院，已是上燈時分，先拜見師傅，再由師母安排住處──英台猛然受當頭一棒。山伯入住小房間，有一名室友；英台安排在大房間，室友二人。

英台還在目定口呆，不知如何是好之際，山伯開口道：「師母，山伯與祝賢弟二人一見如故，未知是否可容我二人共用小室，互相照應？」

本來書院規矩，新人與舊學生同室，也只為有所照

應，山伯既有此求，師母也無拒絕之理。於是英台懷着滿心不安，隨山伯走進二人共用的小房間。

房間布置非常樸實，除了書架、書桌以外，只有一個充作臥床的大坑。山伯看了，對英台說：「賢弟出身富貴之家，想必不慣與人共用床鋪，愚兄在坑旁打個鋪蓋，如何？」

英台再也沒想到竟有人主動為自己解決難題，可是這樣的安排實在太不公平了，英台如何能讓同窗受委屈呢？環視室內，卻也真的沒有別的地方可供躺臥：兩把椅子，書桌上一壺茶，兩個茶碗⋯⋯

英台走到桌前，倒了一滿碗茶，笑道：「小弟怎敢讓梁兄委屈！我們來個楚河漢界，如何？」

英台到書院不及一旬，就已引起所有人交頭接耳：美男子本來就惹人注目，何況這份美帶着抹不掉的兩分嫵媚和三分靈秀？書院中畢竟全是年輕男子，雖說都為求學而來，然而少艾之輩，書本以外，不免也有遐想。英台初到之時，大家還有幾分客氣，只是暗地說些玩笑話，但半個月後，同窗素性比較頑劣的兩三人終於按捺不住，言語之間對英台有點無禮了。

「祝老弟啊！『手如柔荑、膚如凝脂、領如蝤蠐、齒如瓠犀、蓁首蛾眉』，祝老弟，你說是也不是？」

英台起初聽到這種話，只是聽而不聞，希望他們自行收斂。誰知如此一來，別人誤認有機可乘，舉止愈見失禮了。一天竟有人在課堂之外拉着英台之手：「『彼狡

童兮，不與我言兮，維子之故，使我不能餐兮』，老弟啊！」

英台用力把手抽回，氣得滿臉通紅，罵道：「相鼠有體，人而無禮，人而無禮，胡不遄死！」

對方聽了，竟然得意地大笑：「狡童與我言矣！」

這一幕，讓山伯看在眼裏了。

數天以後，山伯於飯後往園中散步，恰好碰到日前對英台無禮的同窗，與另外兩人在閒聊。山伯趨前與三人攀談，言語之間提及英台，其中一人道：「梁兄真是近水樓臺先得月啊！」

山伯見三人笑得曖昧，於是搖頭嘆道：「三位有所不知，咱們這位祝老弟可不是好惹的。」

三人面面相覷，不明山伯所指。山伯掀起左手的衣袖，露出手臂上兩道指頭寬的瘀痕，低聲道，「祝老弟是真人不露相。山伯日前多喝了兩杯，言行間可能是有點衝撞——畢竟是同室好友，當然以為可以言行無禁——誰知祝老弟另有看法。結果嘛，這瘀痕到今日仍不散。」

三人聽了山伯之言，倒也信了七八分。當晚山伯回到房中，找個機會對英台說：「賢弟對待無禮之徒，態度愈強硬愈好。若要找人作筏，愚兄願充警猴之雞。」

英台至此才猛然醒悟，山伯做的每一件事皆非偶然。難道……

可是，當英台回過神來，山伯早已先行就寢了。

十畝之間兮·桑者閒閒兮·行與子還兮

說，還是不說？對他來說真是個難題。

說，還是不說？她知道自己一定要說。但怎麼開口呢？這也是個難題。

三年同窗，日夕相對，坐則同桌，臥則同床，家世背景，人品學養，那一點不知道得一清二楚呢？就只有這一點，她一直隱瞞。

三年中有過多少次，她話就在口邊，但一想：話說出來，以後如何還能同室而居、朝夕共處？結果話又吞回去了。

三年中也有過無數次，她肯定他已經知道真相，等着他開口表白。可是每到這種關頭，山伯不是忽然想起瑣事，就是臉上一片茫然，和他平常的精明聰敏判若兩人。難道人之所以為人，就必有其愚鈍的一方面？

也許此次回家省親，正是言明底蘊，議定將來的好時機？英台想。

草坡上，看到牧童帶着耕牛，她說到牛郎織女兩相分。

曲橋上，看到河中鵝兒戲水，她說是只羨鴛鴦不羨仙。

光看山伯的反應，誰都會以為他其笨如牛，其鈍如鵝：如此明顯的暗示，怎麼可能聽不明白？

山伯要說的話，本來已難啟齒，面對欲言又止的英台，終於只有含糊其詞。口詞間的含混，對讀書人來說，

是何其容易的事，但即使能瞞得了別人，始終瞞不了自己。

此時二人來到山神廟前，英台提出要在神前叩拜，結為異姓兄弟。

希望菩薩保祐，英台能與梁山伯結成夫婦。她心中默禱。

倘若真有來生，山伯絕不再負英台錯愛。他無聲起誓。

當日三叉道口長亭初遇；今日相分，也在長亭。她和他始終都沒有説出心裏的話。

臨別依依，英台終於託詞家中有同胞九妹，請山伯務必到祝家莊一行。

山伯無言以對。他想見的，是祝英台，並非祝家九妹。正因如此，他已下了決心，不到祝家莊。

既不我嘉．不能旋反．視爾不臧．我思不遠

早知如此，不如不歸，但既然已經回來了，又能如何呢？

男大當婚，女大當嫁。父母之命，英台理解，媒妁之言，英台也不能責怪；要怪只能怪回家三月，山伯一直不來。

父母並不迂腐，不然也不會讓英台女扮男裝，在外三年不歸。父母相信英台是有分寸的人，因此英台更不能讓父母失望。

不允婚又能如何呢？難道回到書院去嗎？如果那人當真完全聽不明白英台臨別之言，重回書院，自然可以若無其事，再續翰墨之緣；可是回想三年共處的種種，英台實在再難肯定那人是真呆，還是裝呆。倘若他是已聽出絃外之音，而仍不到訪，英台再回書院，豈非徒添煩惱？

即使那人真的完全不懂英台臨別之意，但既已結義，又有三載同窗情誼，臨別之時，英台懇切邀他來訪，至今已有三月，不但未見影蹤，而且沒有片言隻字。事實如此，父母的勸告，豈能不是一番好意呢？

馬家公子也許真的像大家說的那麼好，無奈英台心裏就只容得下那人。

子之昌兮·俟我乎堂兮·悔予不將兮

書院歲月，本來靜如止水；英台一去，竟然讓止水揚波。

課堂之上，業師所言依舊博大精深，但山伯竟聽而不聞，只因每次回頭，身旁人面已不如昨。

課堂之外，山伯手執書本，無心誦讀，只因早已習慣聽到兩人同時誦讀的聲音。

深宵獨坐小室之中，面對一燈如豆，山伯開始回想三年來的種種。自始他知英台是女扮男裝，就是因為敬她的志氣膽色，因此處處維護。既知她是女兒身，山伯認定了自己不會生出男女之情。然而英台一去，聲音笑貌竟隨着分隔日遠而日益難忘，直至那麼一天，山伯竟然醒悟，不

知何時，自己心目中的英台，已沒有男女之分了。

每夜睡前，仍放一碗水在炕上，但今日的山伯，輾轉反側，難以成眠。

往祝家莊路途不遠，難道真的該登門造訪？

匪為報・永以為好也

山伯終於到了祝家莊了。英台的父母不是橫蠻保守之人，山伯既是英台義兄，兩人自然可以相見。

兩人相見之日，是馬家下文定後的第三天。英台的書齋竹簾半捲，前臨小溪，遠山霧鎖；山伯倚窗而望，不覺失神。

「梁兄，久違了。」女裝打扮的英台，臉上不施脂粉，鬢畔不掛釵環，唯一的首飾是耳際的小珍珠。眼前的英台，與三年前長亭初見的書生，固然不是毫無分別，卻是憑誰也看得出是同一個人。

「賢弟——英台，愚兄來晚了，萬望英台見諒。」

英台無言苦笑，眼中帶有淚光：「梁兄今日真的來晚了。」

馬家已經下聘的消息，對山伯如晴天霹靂。三月以來，山伯思潮起伏，進退維谷，卻從沒有想到事情可能並不取決於他。

「英台！英台！為何就不能等愚兄到來，從長計議？」

「梁兄，英台如何得知梁兄真的會來呢？長亭一別，

至今三月，梁兄音訊全無，英台以為——梁兄早已決定不來了。」

此語有如當頭一棒，令山伯頓然醒悟：三月躊躇，結果來遲三日，是天意抑是人為？

「山伯來遲，是山伯終身之憾，也是英台終身之福。」

「梁兄何出此言？難道梁兄至此仍未體會英台心意？」

「英台厚愛，山伯感受良深。山伯再三拖延，至今才登門造訪，實有不足為外人道之隱。此事本來難於啟齒，但英台與山伯，今日何等情誼？若再有隱瞞，我倆豈不終身抱憾？山伯……山伯自長亭初會，已知道英台本是女兒身，但是……但是……總免不了盼望英台果真是個男子。」

「梁兄此話……既然如此，梁兄今日何苦有此一行。」

「一日不見，如三秋兮！山伯愚魯，也終於明白，英台之於山伯，早已超越男子女兒之界限。遲來三月，賢妹罪我，山伯實在無辭自辯。」

英台聽了此話，呆坐椅中，看着遠處出神，既不回話，也不看山伯一眼。山伯見此情景，心如刀絞，上前一揖，眼中帶着淚光，低聲說：「山伯願賢妹……宜室宜家！告辭了。」

山伯回身就走，下了樓臺，已覺渾身乏力。此時英台從書齋衝出來，淚流滿面，倚着欄杆喊道：

「梁兄，今日一會，英台終身無悔了。」

之子于歸‧遠于將之‧瞻望弗及‧佇立以泣

　　山伯與英台別後，心如斷線風箏，茫無目的，沿着村路往前走，一程又一程，不飢不渴，不眠不休，也不知走了多久，竟已到達與英台初會的長亭。山伯舉目四看，天色已盡黑，回望不見來路，前途一片迷茫。綿綿春雨，山伯衣衫盡濕，呆坐亭中，眼前似當年景象。

　　早知今日，何必當初？

　　當初又能如何？天地不仁，以萬物為芻狗；既生山伯二十載對女子無動於衷，卻又讓山伯遇上英台；既然相遇相分，卻又教山伯徹悟情之為物，有如簷前滴水，日久無堅不穿。不該遇而遇，不可離而離，山伯情何以堪！

　　山伯神迷魄盪，徹夜坐在亭中。直到次日黃昏，侍從方尋來此地。送回書院，早已奄奄一息，雖是馬上延醫診治，無奈藥石無靈。

　　一個月之後，山伯撒手塵寰，臨終尚口呼「英台賢弟」。

穀則異室‧死則同穴‧謂予不信‧有如皦日

　　在家從父；既有父命，英台自當出嫁。

　　出嫁從夫；一旦進入夫家，英台就不能我行我素。

　　所以，要祭山伯之墳，只能在離開祝家之後，進入馬家之前。

　　英台身穿喜服，依禮拜別父母，坐上花轎。送嫁隊伍一路上吹吹打打，不奔馬家，先往山伯孤墳。

想山伯生前，何等自私。明知英台身是女子，佯作不知；明知英台在家苦候，三月不來。可是只因他最後將一切坦然相告，英台心裏再沒有半分怨懟——世間女子，能得賢婿者可能不少，能得此知己者又有幾人？

　　一身嫁衣的英台摒退侍從，在山伯墳前拜天、拜地、再拜孤墳，然後從懷中拿出早預備好的毒藥，一飲而盡。

　　過了許久，送嫁的人尋到墳前，才知道祝家有女于歸，不是嫁到馬家，而是嫁入梁門。

卜算子

〈卜算子〉是詞牌，曾以此詞牌填詞的人何止千百？其中當然包括宋朝最有名的詞人之一——蘇軾。

或曰蘇東坡是個愛吃肥豬肉的大胖子，算不上是傳統愛情故事的典型才子；但我們必須知道，名氣之為物，與有貝之財異曲同工，可以彌補很多不足，所以就有這麼一個說法：東坡外謫之時，一位大家閨秀因暗戀他，抑鬱成疾，不治而終，東坡得悉此事，就填了這首〈卜算子〉，聊表寸心。

既然只是傳說，自然沒有人知道真相。

***

缺月掛疏桐

南國深秋，實在是最怡人的季候；對多年來遠離京城，謫居此蠻夷之地的蘇學士來說，這也是讓他最惆悵的季候。名門之後，少年得志，誰想到會換來多方誹謗，半

生流放，手足分離呢？「千里共嬋娟」，不過是聊以解憂的自我安慰。

窗外樹影婆娑，月色白如素絹，但掛在梧桐枝上的，不過是一彎殘月——「月有陰晴圓缺」，但對蘇學士來說，月圓月缺，總是悲秋。師友手足之情，賢妻愛妾之義，在此時此際，只屬一場空。

但蘇學士不是個自憐自苦之徒，也非自暴自棄之輩：樽前有酒，可以忘憂；架上有書，堪稱師友；如果說尚欠添香紅袖，那就讓梧桐枝上的嬋娟暫且替代吧。

蘇學士在窗前坐下，半藉着月光，用心讀起書來。

漏定人初靜

哎！說甚麼都是假的，人呀，最要緊就是有吃有喝，有個小地方可以睡覺好的，不怕颱風下雨，別的事想着都是白想。我少說也活了小半輩子，這更鼓也打了十來年了，總沒像現在這樣窩囊。以前打着鼓，想着完了一更回去喝二兩燒酒，自由自在，多好！可人就想頭多，那個時候見好不說好，老想討個老婆，晚上軟綿綿抱着，又會洗衣燒飯，那樣過日子才叫舒泰。

啲——啲——啲，砰——砰——砰。

「小心燈火！」

哎，每個晚上出來繞幾個圈勸人小心，偏偏自己不小心。舒泰？那是從前。現在屋裏有個主兒了，不是煮飯的煮，是當家做主的主，嫌着我呢！打完了一更回去，偷兒

似的，燈也不能點，話也不許說，那主兒要睡覺呢！抱，抱個鬼！自己坐在門口抱着一身硬骨頭等第二更吧！

啲——啲——啲，砰——砰——砰。

「小心燈火！」

前面院裏還真的透着燈火呢，一定又是大人在用功了。學士大人到底不一樣呀，朝廷對他那麼刻薄，他還是這樣用功……咦？怎麼，又來了！這真是奇怪呀，有半年光景了吧，每隔兩三夜就看見袁小姐在這兒附近走過，三更半夜，多半連燈籠也不帶，也不見吳奶媽跟丫鬟姐陪着，我每夜出來繞圈子，是為了營生，她為了甚麼？想是大戶人家的小姐平常不許出來走動，趁這夜靜出來透透悶氣吧。

說到悶氣，誰沒有？我有；學士大人有；原來連這樣的千金小姐也有。哎，做人呀！

啲——啲——啲，砰——砰——砰。

「小心燈火！」

時見伊人獨往來

唉，都出去好半個時辰了，怎麼還不見人影兒呢？這孩子，從小身體就不叫壯呀，三更半夜還跑出去，秋涼了呢，真的着涼了可怎麼辦？老爺夫人這兩個月就老問起，怎麼小姐這陣子好像很容易招病；這早晚踏着露水出去，不招病的就不是這孩子了。

可我怎麼跟夫人說呢？讓老爺知道了，怕要了我和菊

兒的命！再說，那孩子性子強着呢，事情要是讓別人知道了，她說不定要看不開。

她到了這個年紀，親事也拖不了多久了，她一向又聰明懂事，也該知道這陣子傻想總要停下來了。要是別人還好說，才華再好，年紀那麼大了，有妻有妾的，跟我家小姐距離實在太遠了。

唉，小姐這孩子，怎麼還不回來？

飄渺孤鴻影

二更三鼓剛敲過了，小姐該回來了吧？我還是到後院等着的好，不然奶媽又要嚕囌好半天。這奶媽也奇怪，只知道小姐是她帶大的，就不明白小姐也是我陪着長大的，難道只有她着緊，我就不關心了？

晚上這青苔可真滑呀，還好小姐穿着短靴出去。說真的，這天氣，實在不該再在晚上出去了。可惜小姐不能跟我換了身份，不然別說日間出去，就是跟甚麼大人說幾句話，也沒甚麼大不了的。

我這還是先把後院的門開了，在外面等着吧。這老遠孤零零一個小燈籠，不用說，就是我們小姐回來了。

真不明白這蘇大人有甚麼好看的，讓我們小姐這好幾個月偷偷跑出去，就是為了看他幾眼。小姐說他的才學好，甚麼舉世無匹；我說，才學好，就看他的文章好了，犯不着去看他的人。小姐說我不懂。其實我哪裏是不懂，只是想不明白：這些年來來提親的小姐沒有一個看得上

眼，結果卻看上了**蘇大人**。學問再好，也不是用來過日子的；這一點小姐又不是不知道。

「好了，小姐，終於回來了。你要是再不回來，奶媽今兒晚上一夜不停口，菊兒一夜不必睡了。」

……

「唉！虧你還笑呢，我白站在這大風口等着，你也不可憐一下。」

……

「是的，月亮是好，可就是淒涼。哎呀，說起涼，小姐你的手心怎麼這麼冷呀？」

驚起卻回頭

這可怎麼辦呢？原來這孩子的病還有這番內容，要不是奶媽終於忍不住說了，我再也不會想到這孩子膽子這麼大！有時候實在覺得奶媽可惡，要說就該早說，不然就一直不要說；早說，可能還來得及勸孩子不要那麼沉迷，到現在才說有甚麼用，不過是把她自己肩上的包袱推到我身上。她對我算是有了交代了，我可怎麼辦呢？

如果這蘇大人年輕一點，又或者沒有家室，事情倒也可以商量。我們袁家的女兒，豈能不是明媒正娶？即使我跟老爺說了，老爺也一定不會答應的。我知道他會怎麼說：這樣的親事不但壞了家聲，也對女兒不利；年齡相差這麼大，恐怕必定年輕守寡；丈夫長期被朝延放謫，娘家想要照顧也不容易……

這都是真的。女兒如珠如寶地養了十九年，甚麼都順着她的意思，連親事也順着她的意思，推了一宗又一宗。如果不是那麼寵她，早兩年訂了親，也許就不會有此一日了。難怪她一直說永遠不要出嫁，她也知道這事不可能呀。

　　可是如果她為了這事一病不起呢？那我們不是白疼她了嗎？畢竟，蘇大夫是天下知名的大才子，雖說不配，也不能說絕對不配。如果他真的能讓女兒的病好起來⋯⋯

有恨無人省

　　養兒育女，真是徒添煩惱！女兒抱病在床已經一個月了，大夫老說是風寒，卻不能對症下藥，雖說女兒身體一向算不上強健，但也不應衰弱至此。事情果然如老夫所料：夫人今早吞吞吐吐好半天，終於說出了女兒是心病。唉，這真是如何是好呢？

　　我們袁家的女兒怎麼可能作妾？而且那個蘇大人看來全不知情，難道還要老夫派人去向他提親嗎？真是愈想愈混賬！

　　可是如果我全不知情，還可以只怪大夫無能，現在卻又不能不另想辦法。夫人呀夫人，你真不該把事實告訴老夫的。

　　但如果女兒真的是為了他而病倒，如果除了他以外別人都無法治好女兒的心病，我袖手旁觀，不是把女兒白白斷送嗎？

也許真的該拜訪蘇大人，看看情況如何。此人才華的確過人，如果是明媒正娶……

唉，先看看明天女兒病況如何，再作道理吧。

擇盡寒枝不肯棲

事情不會是假的了。菊兒和奶媽說，我可以不信，但娘親口說出，就一定不會是假的。

那麼為甚麼爹爹這兩天一直不來看我呢？是生我的氣嗎？可是我從來沒有想過要他做有辱家聲的事，因為明知道這是不可能的。

可是現在娘說爹爹讓步了，爹爹會親自去跟蘇大人商議，那麼事情不是有希望了嗎？一個學問、人格、才華都那麼出眾的人，如果我真的可以日夜相隨，不再只是看他的文章，而是在他身旁看着他一字一句地寫出來，聽他一字一句地講解……可是這真的可以嗎？

古人說：得一知己，死而無憾，何況不光是知己，而是朝夕相對的伴侶？沒有人會像我那樣接近他、為他排難解憂……沒有……

沒有嗎？那麼為甚麼我一直知道事情是不可能的呢？是因為家聲。可是家聲之外呢？

得一知己，要用甚麼來交換呢？爹娘失了獨生女兒，也可以無憾嗎？

他身邊從來沒有我，他從不知道有我，失意得意，日子也就這樣過了；一旦知道了我，甚至身邊多了我，日子

可以過得適意一點吧？也許會因此為我寫下佳句好詞，就像……

大概就是如此吧！

「菊兒，快去告訴爹爹，千萬不要去見蘇大人！」

寂寞沙洲冷

南國的冬天，氣候潮濕，更助長了刺骨寒風。蘇學士站在梧桐樹下，沉吟不語。對一個終年流放、抱負難伸的人來說，某一些消息引起的內心震盪（甚至遐想）總是比我們想像的來得強烈一點，即使消息其實只是永不能證實的謠言，震盪也同樣強烈。

畢竟，追憶曾經擁有而已經失去的東西，思想總會受到一點限制，想像從未擁有過而又已經失去的東西，一切都是無限美好，而又無限淒涼的。

他連她的樣子也從未見過；關於她，他實實在在知道的只有一點：袁家小姐一個月前下葬。

她下葬以後，城裏開始有那麼一點謠言：好意的；同情她，更同情他。因為善意的謠言總是美麗的，所以沒有人知道真相。

真相又是甚麼呢？

蘇學士沉吟甚久，終於緩步走回屋子裏，提起筆來，寫下一首極美的詞：

缺月掛疏桐，漏定人初靜，時見伊人獨往來，飄渺孤鴻影。　　　驚起卻回頭，有恨無人省，擇盡寒枝不肯棲，寂寞沙洲冷。

美麗的文字，往往就是流傳下來的真相。

進香

傳統才子佳人的模式：

　　男，年十七至二十三，未婚，潘安之貌，子建之才。

　　女，年十五至二十二，未婚，沉魚落雁，閉月羞花。

　　一個與俗世塵緣無份的才子，一位已屆中年的佳人，也可以寫成真正浪漫的故事嗎？古代講故事的人沒有留下先例，但我相信答案是肯定的。

　　有時候，最浪漫的境界只能建築在現實限制和人生的義務上。

*** *** ***

　　暗紅的木魚，敲下去，每一下聲音都是很實在的。沉穩的聲音，不像搖鼓，聲音再響，也是那麼空盪盪的。

　　可那搖鼓跟木魚也有一點相像，同樣是漆上了暗紅的顏色。

　　楊夫人閉着眼睛，不急不緩地敲響木魚。沉沉的木魚聲沒有讓她想起搖鼓 —— 一生中，這還是第一次。

楊夫人最後一次到淨覺寺進香，是主持顯慧禪師圓寂後整整一個月。從楊府到淨覺寺三十多里路，沿途侍候和護送夫人的就有三十多人，這次進香顯得有點與平常不同，禮品香燭都挑貢品級不在話下，而且比平常又添了一倍。夫人在大殿上香祈福之後，命令隨身侍從全部退下，獨自一人到殿後的小庭院當天焚香叩拜。

　　淨覺寺大廚房裏的幾個年輕和尚忙得團團轉，口不斷嘀咕：「才忙完了師叔祖的二十一天法事，還沒喘過氣來，又要忙這幾十個人了！」

　　剛路過廚房的新主持聽到此話，回身走了進來，和藹地責備這幾個年輕和尚：「修行不但要修心，也要修身。先主持師叔在你們這個年紀就成大器了。看你們，還是毛孩似的。」

　　幾個年輕和尚微笑着垂下頭來。其中一個膽子較大，問道：「師公，為甚麼師叔祖年紀那麼輕，輩份比您還高呢？」

　　新主持嘆道：「師叔是佛學奇才，天生慧根，三歲入寺時已通文墨，六歲剃度就開始跟師公在藏經閣閉關讀經了。他是你們太師公的閉門弟子，論年紀當然比我們年輕，可是論修為，我輩真是望塵莫及。」

　　小和尚吐着舌頭笑道：「連師公也説望塵莫及，我們幾個毛孩又怎敢跟師叔祖相比呢？」

　　新主持笑了，搖搖頭説：「頑皮！多幹活，少説話吧。」

　　楊夫人從淨覺寺進香回府，忙了整整一個月，讓所有

管事的傭人盤點清理府中一切，列出清單，然後詳細向過門只有一年的楊少夫人交待。這一個月裏，楊夫人忙得連拜佛的時間也減少了。府中下人都覺得奇怪：楊夫人在楊府二十多年，從未有如此表現。

一個月過去了，楊夫人宣告家中一切事務自此以後交由楊少夫人處理，因為楊夫人要出家了。

＊

楊大人最後　次和顯慧禪師見面，是在楊少夫人剛過門的那個春節。楊夫人帶着少夫人到淨覺寺進香，順道謁見顯慧禪師。用過齋飯後，少夫人在大殿聽經，楊夫人走到殿後的小庭院，看見顯慧禪師正在抬頭欣賞庭中大樹，於是安靜地走到石桌前坐下，也望着大樹出神。過了好一會兒，禪師回過頭來，看見楊夫人，稍稍欠身，道：「楊夫人也出來了。」

楊夫人對禪師點頭為禮，指着樹說道：「這棵樹足有三十三年了吧？」

禪師微笑說：「夫人記性真好。」

楊夫人低頭喃喃而語：「到底樹和人不一樣，三十多年，只是更雄壯了，不顯老。」

禪師聽了，回答說：「樹也老了，已經很多年沒有開花了。」

二人不語，大殿傳來沉穩的誦經聲，禪師聽了一會兒，向楊夫人問道：「少夫人聰明知禮，看來是個難得的好媳婦吧？」

楊夫人點頭答道：「媳婦的確是個好孩子。」

禪師從衣袖中拿出一個小孩子玩的搖鼓，說：「夫人將來做了祖母，這搖鼓就代老衲送給夫人的小孫子吧。」

楊夫人站起來，鄭重地接過搖鼓：「謝 —— 謝大師。」

*

楊夫人決定出家，楊府上下頓時弄得張惶失措，楊巡撫屢次勸夫人三思，反而讓夫人反過來勸他明媒再娶；楊府老僕紛紛懇求夫人收回成命，有些甚至跪倒地上，老淚縱橫，楊夫人始終不為所動。楊少夫人每日侍候婆婆左右，對出家一事，不發一言。楊夫人的獨子本來數月前殿試高中，留京候任，此時不免要日夜兼程趕返家中了。

楊夫人的獨子乳名潤生。他第一次跟顯慧禪師見面，是他拜師父入學啟蒙那一年的春節；潤生當時五歲。這是他頭一次到這麼大的寺院，拜這麼大的菩薩。菩薩太高太大了，樣子他不怎麼看得真：顯慧禪師的樣子他倒看得很真確 —— 長着長鬍子，看來比父親老多了。

但也比父親慈祥多了。他記得禪師給他說了很多故事，臨走的時候還送他一個小玩意兒，好像是個搖鼓吧。

其實也很難確定是不是搖鼓。潤生十二歲那年的春節也跟隨母親到淨覺寺進香，那年他考鄉試，快要做秀才公了，但顯慧禪師竟然送他一個搖鼓！

也許他是把十二歲的搖鼓錯認到五歲那年去了？

潤生那一年果然中了鄉試。同年祖母去世，母親從少夫人變成楊夫人。潤生覺得自己是大人了。

剛中了進士的潤生在京中數月，已頗有幾分才名，與同年友好唱酬交際，亦進退從容。誰知這次返抵家中，面對出家之意已決的母親，竟然一籌莫展，甚至心中感到頓失所依，暗驚道：「我已行年二十三，步上仕途，豈會比十二歲鄉試之年更像個依賴母親的孩子呢？」

潤生回家以後，母親也只有在他晨昏定省的時候與他見面，其餘的時間，就獨自在經樓誦經，關於出家一事，潤生根本無從提起。潤生向妻子查問事情始末，少夫人和家中各人一樣，亦説不出所以然來：楊大人自嫁入楊家，二十多年來每年春節都到淨覺寺進香，今年也不例外，只是晚了半個月，那是因為淨覺寺主持大師圓寂的關係。但這次夫人進香回來不久，就決定出家了。

説出了事情的大概，少夫人猶豫片刻，説道：「婆婆這次決定出家以前，家中事情都先做好安排，看來好像是深思熟慮才做的決定。相公要勸，恐怕不易。」

潤生回家一月，眼看母親去意已決，自己眼下就要回京應命，終於在楊夫人面前跪下再三叩拜，泣不成聲。

楊夫人記憶中，自己也曾像兒子那樣，因為無可奈何而痛哭；也許可以説是因為接受了不可抗拒的事實，不必再痛苦掙扎，整個人放鬆了，於是有了哭的餘地。

反正，楊夫人記憶中，自己哭得如此放任的，只有一次。

*

那一年春節，淨覺寺大殿後面小庭院的樹花開得特別好，一大片一大片的粉紅色，把天上的白雲也照得紅了。

楊夫人看見顯慧禪師坐在大樹下，莊重地走上前斂衽為禮，問候道：「大師，別來無恙？」

顯慧呆了一下才回過神來，站起來合十施禮道：「原來小姐來了。夫人和老爺可好？」

「爹爹和娘在大殿裏。聽說主持大師病了？」

「是的，師兄病了好一段日子了。」

此時大殿裏兩個小和尚急步走出來，對顯慧禪師說：「大師，主持大師有請。」

顯慧禪師對楊夫人匆匆施禮告別，急步走到後殿禪房去。楊夫人站在樹下，呆呆地看着地上的落花，過了好一會，忽然又聽到腳步聲自遠而近。

顯慧禪師從後殿半跑着出來，把手中的搖鼓交給楊夫人，說：「小姐大喜。貧僧祝小姐一生如意吉祥。」

兩個月後，淨覺寺新主持派人送了一大盤桃子到楊夫人家中賀喜。拜帖上寫着，新主持就是只有二十九歲的顯慧大師。

楊夫人看着侍婢送進房間裏的桃子，放恣地大哭起來。不久以後，她就成了楊府人見人讚的新少奶奶。

＊

楊夫人出家之日，楊府上下百多人列隊相送，夫人只帶着簡單的隨身用品，坐一乘青布小轎，由兩名貼身女僕送往庵堂。楊夫人上轎前，把少夫人叫到身邊，吩咐道：「家中的事情你都知道了，只是有一件事，我希望你替我

辦——經樓有一個小箱子，裏面放了三十三個搖鼓，你送到淨覺寺，替我燒了吧。」

＊

楊夫人跟顯慧禪師第一次見面，是在淨覺寺大殿後的小庭院裏。她在大殿聽誦經，聽得不耐煩了，探頭看看殿後面是甚麼，原來是個小院子。院子中間蹲着一個小和尚，正在埋頭挖土，身旁放了一株樹苗。她悄悄地走到和尚背後，蹲着的和尚跟她一般高；她用力敲了那個禿頭一下。

和尚驚叫一聲，站了起來看着她，她想逃，但雙手讓和尚拉住了。

「你放開我！」

「先告訴我你叫甚麼名字。」

「桃兒。」

「桃兒，好好記住，不許這樣敲別人的頭。」

和尚再蹲下，又跟她一個高度了。他把樹苗種在地裏，她伸出小手在旁想幫忙。樹種好了，他笑着對她說：「你知道這是甚麼樹嗎？是桃樹。」

和尚拉着她的手，帶她到寺門外看熱鬧，過了好久，奶娘出來找她，把她抱回去，臨走的時候，和尚送了她一個紅色的搖鼓。她說：「謝謝小和尚——大師。」

和尚笑了。

那一年，楊夫人八歲。

歌柳詞

美人自古如名將，不許人間見白頭。是真的嗎？

老去的才子，遲暮的佳人，明明已在秋風裏，卻偏要穿着陽春三月薄羅裙，自己不冷死，別人看着也要為他冷得發抖。

謹將這個故事作為一面鏡子，送給步入中年已久，卻仍披掛着彩虹薄紗的人。

春花雖香，秋月亦朗，無花可折，賞月又何妨？

***

是真名士自風流。

翰林院呂世凡祖籍山西，二十多歲初次赴京應試，就以才名震動京華。同年進士及第，皇上重其文采，欽點留任京師，自此凡二十年，不論是同僚文酒之會，抑或御苑詩酒之慶，總少不了翰林院呂學士的份兒。

策論文章、應制詩作，呂世凡自問罕見對手。不過翰林學士又豈是無知之輩？呂世凡深知自己才情薄弱之處，

在於長短句。一般官員士子，也許會認為淫詞豔句非正道，於功名無益，說不定還會有損——誰人不知柳三變「奉旨填詞」，落泊一生的故事？

可是呂學士非比一般官員士子。既是真名士，對風流極致的長短句難免偏愛；既是真學者，對自己最弱的一環不免盡力求功；正因如此，呂學士最羨慕的並非別人，卻是凡有井水處，必能歌其詞的柳永。呂世凡甚至推想，自己填詞未能得心應手，與祖籍山西頗有關係——如果換了是生長在山青水軟的江南，可能會另有一番境界吧？

此念一生，江南對呂世凡自是別有一番吸引力。無奈公務纏身，皇恩深重，又豈能為一己偏好拋開責任，恣性而行呢？如此蹉跎二十載，呂學士忽染一場重病，病中想到未見江南，實乃一生憾事。猶幸吉人天相，藥石有靈，呂學士病癒不久，皇上下旨許假半年，着他好生將養，於是江南之行，終於得以實現。

暮春三月，鶯飛草長，呂世凡與隨行家僕二人來到水鄉揚州。前朝金粉之地，果然別有一番景致；但揚州之吸引呂世凡，是因為這兒一個人。

呂世凡於京中久聞此地有一位詠柳姑娘，以歌柳永之詞名重一時。樂籍中能歌善唱的不在少數，詠柳姑娘遠勝他人之處，據說不在其聲，不在其色，而在於聲色中所含的神韻，別有難以描繪的動人之處。呂世凡多年宿願，就是一睹此神韻如何用於長短句。

與京師相比，揚州只是個小地方。詠柳姑娘既是名

人，尋訪理應輕易；呂世凡此行既是私訪，也不願驚動任何同僚，因此只是自行投店，再讓家僕探聽一二。

本以為探路輕而易舉，誰知也花了兩天時間。第三天午時未屆，呂世凡在家僕領路之下，來到詠柳姑娘居處的門前。只見是河畔小築，青磚黑瓦，圍牆外有三五垂楊，門扉緊閉，門上一塊木扁頗見殘舊，上面單書一個字：「柳」。

呂世凡有點猶豫，這似乎不是金粉之地吧？就在此時，圍牆內隱約傳出胡琴之聲，是〈菩薩蠻〉的調子。呂世凡心中一喜，示意家僕上前叩門，說明來意。

來應門的是位老人家。聽到訪客來意，老人臉上有一絲詫異之色，旋即接過拜帖，向呂世凡一揖，把他主僕二人引進一個小偏廳，然後恭身退出，說是向柳夫人回話。

呂世凡的拜帖，上書詠柳姑娘之名，下面只署五個字：山西呂世凡。以拜帖訪樂籍中人，已非等閒之事，自不必再示以職銜。

約一盞茶的時間，老人再度進來，回話道：「詠柳姑娘請呂大人移步正廳。」

如此看來，她竟知道自己的身份了？呂世凡想到這裏，腳步不免輕快起來。

正廳除了一張圓桌，就只是兩旁幾把酸枝椅子，上面鋪着藏青色墊子，刺繡都已麻花。呂世凡上座之後，四下打量，不免有點好奇。兩名小女孩從簾後出來，奉上香茶果品，看衣飾並非丫鬟打扮，卻也非尋常人家女兒。呂世

凡沉思一會，恍然領悟：該是樂籍的教坊弟子。

此時繡簾掀起了，後面傳出胡琴引子，是〈兩同心〉。呂世凡頓時精神一振。簾後舞出一女子身影，滿身桃紅輕紗，口中唱道：「嫩臉修蛾，澹勻輕掃，最愛學宮體梳妝……」果然是柳詞。

女子手按腮邊，側身向呂世凡一笑：「偏能效文人談笑。綺筵前，舞宴歌雲，別有輕妙。」

呂世凡怔住了。眼前人盛裝打扮，服飾舞步一如十八嬌娥，然而體態面目，顯然已是中年，身段自然欠巧了。

「飲散玉爐煙裊，洞房悄悄……」

女子臉上笑容微斂，定眼一看呂世凡，眼光忽然黯淡下來。不過瞬息之間，女子唇邊笑意又濃了，只是予人一點無奈自嘲之感。

「錦帳裏低語偏濃，銀燭下細看俱好……」

呂世凡心中迷惑：眼前這位已老徐娘雖說不上眉目可厭，身材臃腫，也絕不宜效小兒女矯悄之態。此人到底是誰呢？

「箇大人，昨夜分明，許伊偕老。」

女子唱到「偕老」二字，早已斂衽立於圓桌之前，神色自若地向呂世凡一禮。

「請問……」

「小女子已多年不用詠柳之名，今日貴人到訪，以教習的身份重操故技，實在貽笑大方。」

呂世凡回過神來：「詠柳姑娘技藝不凡，教人……教人真是盡聲色之美……」

一向才思敏捷的呂世凡，竟再說不出話來。身穿桃色輕紗的柳夫人也默然無語。良久，呂世凡說了幾句京中閒話，示意家僕將老早預備好的繡錢袋拿出來，自己也站起來告辭了。

錢袋由老人接過；柳夫人並未留客。

呂世凡離了柳氏教坊，悵然若失，並未馬上離去，只是在河畔徘徊，過了好一會，終於步上小橋，準備回客店收拾行裝。此時，柳氏教坊的老人忽然趕上來，急道：「柳夫人請大人留步。」

呂世凡回身順着老人所指的方向看去，只見教坊門外柳夫人中年打扮，手持兩片竹板，擊將起來，口中高唱：

「柳陰直，煙裏絲絲弄碧，隋堤下，曾見幾番……」

中年婦人的聲音不圓不潤，清唱起來略帶暗啞，卻正好配合〈蘭陵王〉哀咽之調。呂世凡魄盪神馳，扶着欄杆，無意中看到水中倒影。

「……春歸如過翼，一去無跡……」

水中人體型肥胖，蒼白憔悴，與身旁的老人相比，富態雖遠過之，神氣反有不如。

待呂世凡抬起頭來，歌聲悠然而止。老人道：「柳夫人寄語大人：詠柳之詞不入夏，何況秋冬？」

呂世凡一笑，回應道：「請老人家代向夫人致意，就說下官承夫人之教，銘感於心。」說罷向遠處的柳夫人深深一揖，然後邁開闊步，走上歸途。

親愛的讀者：如果你覺得短篇小說只是人生的微小切割面，雖然必定有中心，但也不能要求任何事情都有個完滿而又不再發展下去的交代，那麼看到這裏，你和我都可以打住了。中年官員和中年名妓相遇，各有領會，故事至此好應告一段落。

　　但讀者裏也許也有不少人像我一樣，在電視上看了十多年粵語長片，見慣了古裝歌唱片子結局時的情景：大家面對鏡頭同唱：「呀呀呀，齊慶賀……」，多麼熱鬧。相對之下，兩個人各走各路似乎太走調了。如果真的這樣，下面的交代希望能讓你聊以解懷。

　　話説呂世凡回京之後，閉門苦思一月，填詞十數首，詞風盡變，氣魄迫人，時人稱頌，竟成風尚。

　　至於柳夫人，則以超然姿態重現於酒筵歌榭，淡裝素服演繹中年哀樂，於高級知識分子羣中炙手可熱，慕名從遠道來求一見的人更絡繹不絕，教坊中傳為美談。

媒

才子和佳人一向都得才貌雙全，不然如何撐得起場面？可是天下事，不如人意者十常八九，我們且放眼四看，自己身邊有多少個才貌雙全的人呢？——別忘了，才子佳人式的美貌是絕對的，跟我們這個「不醜便叫美」潮流大有不同。

以今日為模式，推斷舊時情況，相信那些「不足一百分」的才子和佳人人數一定極多。他們既然夠不上「一百分」式浪漫，又有誰幫他們一把呢？

傳統小說裏才貌雙全的女子必然是待嫁姑娘，女性主義版的主角又何妨為人作嫁呢？

***

張五嫂把懷中小包袱放在桌上，給自己倒了杯茶，嘆了口氣，忍不住微笑起來。小包袱拿在手裏並不重——比張五嫂起初預期的輕了許多——正因如此，張五嫂才笑了起來。她對自己這次的成績有十足把握，所以肯定：

包袱愈輕，份量愈重。畢竟，同等重量的黃金價值遠高於白銀。

李大哥家那幾畝水田說要賣，也許該去跟他先打個招呼了，張五嫂想。水田買來了，仍讓李家耕，兩家便宜。她張五嫂也吃過苦頭，絕不會去坑別人。

到底包袱有多重的份量，張五嫂並不急着打開來看。反正這次事情辦得妥貼，不但吳家高興，她張五嫂也着實開心，也不光是為了謝金。別人都說：「不作中，不作保，不作媒人三代好。」她一個秀才娘，年紀輕輕守了寡，知書識字懂禮節，那又如何？上有婆婆下有嬌兒卻偏偏身無長物，憑着機遇竟就做起媒來了。從一開始她就打定主意，別人怎麼憑着三寸不爛之舌顛倒黑白她張五嫂不管，她願意出賣見識，但絕不出賣良心。做媒講正話，教同行笑話了許久。現在憑着吳家這宗親事，倒算終於吐氣揚眉了。

吳家這宗親事，城裏經驗最老的兩三個媒婆不肯接，才輪到張五嫂頭上。本來吳家家運正興，吳公子又剛中了舉，沒甚麼好挑剔的；難就難在吳公子幼年大病一場，留下一張麻臉。

這還不打緊，吳老爺選媳卻又不願低就，竟看中了顧員外的最小偏憐女。這位顧小姐雖說不上有沉魚落雁之容，但也真算是千嬌百媚之姿，而且從小讀書，寫得一手好字，端的是才貌雙全。按理說，吳家倒真的很難成就這宗親事。

張五嫂聽同行的提起這宗無人敢接的媒，先找個機會

結識了顧家小姐的隨身侍婢，打聽了顧小姐的性格喜好，心裏有了個譜兒，然後上門去向吳老爺毛遂自薦。

結果呢？才兩個月，事就成了。不但如此，張五嫂可以肯定：這是一雙佳偶。

張五嫂想着高興起來，拿起小包袱正要打開，外面忽然有人高聲喊道：「張家嫂子，是我來串門兒來了！」接着是一輪敲門聲，急似三軍令下。張五嫂一聽這份急勁兒，知道是趙媽，隨手把包袱放進箱子裏，趕緊跑去開門。

「哎呀！嫂子，真是恭喜你啦！」門還沒全打開，趙媽的手已先伸了進來，那大調門兒自然更先行一步了。

張五嫂笑了一下，也不答話，關好了門，給趙媽倒了杯茶。其實趙媽一張嘴忙着呢，哪兒還有工夫喝茶？

「我說呀，嫂子，你這可真是一雷天下響了，大家再想不到你才真是個厲害人物。麻子也能弄個天仙配，大家都說服了你了。」

張五嫂淡淡地說：「吳公子有福氣也有才華，顧員外是明白人，自然看得出正理。」張五嫂雖然對趙媽的話很不以為然，但卻深知趙媽嘴皮子辣可是心腸好，所以並不介懷。如果趙媽是個有心計的人，當初也不會教張五嫂走做媒這條路了。

「哎呀，嫂子，我們甚麼交情了？你就算是教我個乖吧！我也不瞞你，我這是向你取經來了。前一陣子繡莊林老爺找我去，說要給他家的閨女找夫家，我硬着頭皮答應

下來。你也清楚，林家閨女跟吳少爺就是同一個毛病啊。我左盤算右琢磨，就不知如何着手。嫂子你說一下你的法子，好讓我也向林老爺有個交代吧。」趙媽沒心機，又是個急性子，肚子埋藏不了話，說了這一大堆，心裏舒坦了些，這才拿起茶來喝了一口，抬起頭來，見張五嫂坐在那兒出神，也不答話，趙媽可急壞了。

「我說呀，好嫂子，我保證不跟別人說是你教我的法子。你不信的話，我可以當天起個誓……」

張五嫂見趙媽真的要站起來起誓，連忙按住她，說道：「趙大娘，你稍安勿躁。我哪兒有不相信你的意思？不過你這宗事情跟吳家情況不一樣，我怕不能走同一條路。這樣吧，你先說說林老爺的意思到底是怎麼樣，我們再商量一下，看是不是可以成事吧。」

「有你這句話，我可放心了。是這樣子：林老爺倒沒說明看中哪一家哪一戶的公子，不過是要相貌整齊，人品端正，出身書香門第……說真的，其實林小姐跟吳家公子倒可以配成對，不過吳家自然看不上林老爺的閨女了。」

張五嫂聽了卻有點不同意，忍不住說：「光看外表配婚，倒也省事，只是未必真的稱人意。說到底，還得先看人品。林家小姐到底品行如何，你可知道？」

「那倒是好的。知書識禮，人又厚道，最得下人愛戴了，就是臉上這點缺憾，不夠十全十美，不過也是十全九美了。」

張五嫂笑了，說道：「得了，趙大娘。你這又不是給咱們家做媒。你且仔細想清楚，林家小姐最大的長處到底是學問呢，還是厚道呢？」

趙媽微紅着臉，辯護説：「她真的是又讀過書又厚道呀！不過林家教女，注重的是婦德，做詩填詞這些花巧東西沒讓她學。可是説到人品，憐貧惜老，沒有勝過林小姐的了。」

「如此説來，你這番事情跟吳家的完全不一樣了。」張五嫂看着趙媽一臉焦急的表情，連忙安慰她道：「我不是説一定辦不成功，只是要走另一條路。你回去先問問林老爺，如果找到的是一貧如洗的書香門第，那又如何？」

趙媽驚訝問道·「那……？嫂子，你是有人選了？」

張五嫂點了點頭，説：「是有一點眉目，但現在還説不上是人選，得先看林老爺的意思。」

趙回應道：「我馬上就去，即去即回。嫂子，你可千萬別走開，一定要等我回來啊！」説着，人已出門去了。

張五嫂守在屋裏無聊，正好利用這點時間看看小包袱的內容。她伸手到箱裏把包袱打開，看那大大小小一錠又一錠黃的白的，心裏算了一下，仍舊把包袱結上，一面想：「除了李家的水田，不知道附近還有沒有誰家的田地要賣？還有這房子也該修葺一下了，順道在後面荒地上建個上房，讓我們榮兒進了學作書房……」

想到兒子可以入學讀書，張五嫂真是滿心高興。她正想蓋上箱子，眼睛落在箱裏一副對聯上，忍不住拿出來細細的再看一遍。

對聯是篆書寫成的，旁邊幾行小字卻是行草：

習魏晉吳碑者多斤斤於刀刻斧鑿之趣而傷筆勢自然靈動
之姿今以吳趙篆法為基參以天璽碑意出之識者以為如何

對聯簡簡單單的十四個字：

無心破土虛懷竹，
信手推窗滿眼山。

沒有落款，只有一方小印：「吳」。

張五嫂想起當初到顧家說親之前，在吳家少爺書房裏
等着他寫這幅字，結果他隨手拿一句今人的詩配了上聯，
跟張五嫂說：「這是無情對，即使不成事也沒關係。」可
見他當時沒甚麼信心。

誰知顧小姐真是會家，父女倆當着張五嫂面前就評
論起來。一個說：「方中帶圓，有骨有肉，的確不同凡
響。」另一個說：「剛中帶巧，字如此，想人亦如此。」
還有最重要的一句：「竹既『虛懷』而又終於『破土』，
此人非池中物也。」

有了這句話，再加上張五嫂說了一番盈則虧、滿則損
的道理；顧老爺重其「福厚」，顧小姐慕其「才高」，沒
甚麼信心的吳家少爺就憑這副無情對結成了大好姻緣了。

當然，假如張五嫂不是事先打聽到顧家小姐嗜書成
癖，這大好姻緣也不會如此輕易地成就。

吳家的事剛完結，趙媽這宗又上門來。不過，按張五

嫂看，這倒也不是個大難題，只不知林老爺是否真的像一般人說的那麼通達開明……

就在這時，趙媽氣喘如牛地一勁跑了回來，高聲道：「行了，行了，林老爺親口說，只論人品，不論家財。我……我已經跟他說有人選了。嫂子，你快教我吧！」

張五嫂笑着嘆了口氣，說：「趙大娘你實在有點急進吧？怎麼就說出去了？也好，我就跟你說吧，行得通行不通，你就看着辦。我們鄰居朱秀才一貧如洗，就靠教館過日子，但他可真是讀書人世家，祖上三代都中過舉，只是官運不亨，終於破落如此。朱秀才學問不錯，又侍母至孝，如果跟林家結親，林小姐真像你說的是憐貧惜老之人，一定厚待婆婆，那夫妻就自然和睦。再說，朱秀才得到岳家支持，說不定還能謀一點功名，不但光復自己門楣，連林家也有光彩。我知道林小姐是獨生嬌女，女婿就是半子，林老爺也得從這個角度想想。」

趙媽面有難色，支吾了一會，終於說：「正是如此，所以……所以剛才林老爺說，如果男家清貧，最好是……是……招贅。」張五嫂一笑，道：「我就猜到有這麼一着。林老爺既要找讀書人家，又要招贅，這可不能兩全了。讀書人嘛，就有點迂，這所謂欺宗滅祖的事決計不成。我倒有個兩全的辦法。林家可以把他們大宅旁邊的院落送給朱家，當作嫁妝。這樣子，朱家是獨家獨戶，但又與林家門戶相通，雖不是招贅之名，但有與女兒女婿日夕相處之實。只要林老爺少想虛的，多想實的，一切好辦。」

「可是，那朱秀才會答應嗎？」

媒

「放心好了。我跟朱家十多年鄰居，朱大媽跟我真是無話不談。朱秀才常說娶妻求淑婦，而且也絕不會違抗母命，只要於門戶家聲有益，於母親有利，他不會推辭的。至於朱秀才的為人，除了有幾分木訥之外，也就沒甚麼好挑剔的了。」

一個月之內，城裏竟有兩宗傳誦一時的喜事，兩位做媒的自然聲名大噪了。可是張五嫂自此之後就退出了這個行業，靠一點田租過日子，每天在家打點孩子唸書上學，久而久之，也沒多少人再提起張家秀才娘做過媒婆的事了。

趙媽可不一樣，自從辦成了林家的事，門庭若市，成了遠近知名的一流媒人。每隔十天半月，趙媽必定到張家串門，跟張五嫂詳談一兩個時辰，而且每次都帶着厚禮去。至於她們談的是甚麼，自然沒有人知道了。

普救寺救美

原裝正版的普救寺美人是崔氏鶯鶯小姐，我們現在最熟悉的崔小姐故事是《西廂記》——一個美化了的版本。原裝崔鶯鶯在《會真記》裏是個讓張生始亂終棄、還要說她「必妖於人」的可憐浪漫女子。不過人類既然愛以文學作品來治療受創的靈魂，自然願意接受大團圓結局，因此《西廂》人人皆識，知道《會真》的卻是少數。

《西廂記》名氣極大，所有自以為有才之子都想像自己乃張生再世，巴巴的盼望着佳人送上門來，我們這個故事裏的才子自然也不例外。

至於大團圓結局嘛⋯⋯既然廣受歡迎，我又怎好教大家失望呢？

***

河中蒲關的普救寺，有哪一個讀書人會不知道呢？從元稹元大人《會真》開始，歷宋朝趙令時的鼓子詞，金朝董解元的諸宮調，以至元朝王實甫的雜劇，早已把數百年

前一位才子的人生小插曲變為家喻戶曉的故事了，而原來那份為存「大德」負心別娶的「忍情」，也演變為有情人終成眷屬的大團圓結局。這種演變不用說就更讓後世的才子書生心生羨慕，暗中也不知盼了多少遍自己也能有此奇緣，此所以中原各大小寺廟常有青年才俊遊覽借居、題詞遣興。

話說此日春風拂柳，鳥語花香，又是才子書生尋幽探勝的旺季。普救寺雖已是數百年古剎，但並非位於名都大城，因此雖然香火不絕，卻還算清幽。當此際夕照塗金，漫天柳絮，如果有詩人騷客站在此間，又不知會寫出多少精詞警句，填滿普救寺不那麼白的粉牆上了。但此時進香人早已歸家，尋幽客也追蹤「無限好」的夕陽去了，眼前一片殘春美景，難道就此浪費掉？

惜春自有知音客。就在此時，普救寺後園隱約傳來陣陣琴聲，與此同時，遠方柳絮飛揚之處，一名白衣書生騎着白馬，正朝普救寺走來。（琴音響起與人蹤出現，配合得那樣天衣無縫，令人差點以為這是甚麼電影公司在拍外景。）

書生來到寺前下馬，牽着韁繩一直步入寺門，裏面早有小沙彌迎出來，合十行禮。書生將白馬交付沙彌，自己直向大殿走去。此時寺中主持及眾師傅均在禪房中做功課，未及出來招呼，書生上香禮拜一番後，站着仰首觀看莊嚴相，卻只覺心神不屬，原來從大殿後面傳來陣陣琴音，彈的正是〈宮苑春思〉。

書生看着大殿四下無人，百無聊賴，於是隨着琴音走

去。原來大殿後面有一個小小庭院，兩面禪房，庭中有一棵百年古樹，數株杜鵑，書生站在臺階上遊目四看，並無一人，而琴聲卻依然未斷。他走到古樹之前，探頭往前再看，卻原來前面一道月洞門，裏面還有一個青蔥的花園，琴聲似乎是從此處傳出。

書生乃讀書知禮之人，當然明白自己未曾拜會主人，不該隨便在寺中走動。但他抬頭四望，一片寂靜，倒不知主持要何時方做完功課。再說，所謂「入廟拜神」，他既然已經拜過了神，倒也算見過主人了，並非完全無禮，於是他繞過古樹，穿過月洞門，走進花園裏去。

這個花園比起殿後的小庭院大了十多倍，園中有石桌石椅，還有個小魚池。石桌之前一名素衣女子坐着彈琴，身旁站了一位玄衣婢女，兩人都背着月門，所以完全沒有察覺書生這位不速之客。

書生站在月門之下，望着眼前的娉婷身影，正是進退不得。若是上前施禮，那是大大有違禮教，若說此刻回身便走，連佳人的面貌也不能一睹，那真是如入寶山空手回了。畢竟此番相遇，難保沒有前輩才子「會真」那種緣份。就當此兩難之際，一曲已終，玄衣婢女上前要扶小姐起來，側着身子卻瞥見站在月洞門前的書生，登時嚇了一跳，俯身在素衣女子耳畔低語片刻，素衣女子全身恍似一個微風拂過的小池塘，髮梢衣袂都彷彿顫動起來，接着丫鬟扶着她踏着碎步往前面的小樓走去，兩人均沒有回過頭來。

書生只瞥見丫鬟姐如花瓣般的臉頰，卻連小姐的手指

尖也沒看上一眼，實在不甘心，於是情不自禁地往前追了幾步，不巧小徑上青苔濕滑，書生腳下一溜，「噢！」地一聲跌個四腳朝天。

丫鬟與小姐聞聲，不由得同時止了步，回頭一看，見是一名俊秀書生以手肘撐着地面掙扎着想站起來，看見她們回頭，登時目定口呆，過了好久才支支吾吾地說：「小生……小生失禮……」

小姐噗哧一聲笑了起來，然後有點過意不去地回頭走了，倒是丫鬟向着書生走了兩、三步，柔聲道：「公子小心。」

就在此時，大殿那邊的庭院傳來老禪師的聲音，丫鬟頓時止步回身，伴着小姐走回小樓去。書生如夢初醒地站了起來，眼前仍盡是剛才小姐臨去時那回眸一笑，耳際只有丫鬟姐那溫柔的問候，因此就一直站在那裏。

過了不知多久，小沙彌扶着老禪師走進花園來，氣急敗壞地說道：「公子，原來你在此處。這裏本來是胡家翰林學士夫人在回鄉途中還願，借住十天半月，外人一概不許進來的。眼下可能就有禍事，還是請公子先回到大殿，如果沒有甚麼要事，趁着天時未晚，速速下山投店去罷。」說着竟一把拉着書生往回走。

書生隨着主持走回大殿，禁不住問道：「老禪師所言禍事，到底是何所指？」

主持嘆道：「此事實在不知從何說起。自從胡夫人一家數天前住進敝寺，老衲的弟子這兩天下山化緣，每每在山中碰見綠林人物，三三兩兩地前往同一地方聚會，這倒

不知道是否打覷着胡家的財物。剛才有兩名弟子從山下回來，說這些拿刀拿劍的人已聚了數十名，怕要對敝寺不利了。公子何必逗留險境呢？還是及早繞道下山為是。」

書生一聽此言，心中暗想：「難道真是天助我也？」於是急急向老禪師說：「晚輩雖是一介書生，但扶危濟急之責又豈能推辭呢？晚輩恰有一表親為昌州鄧守備幕客，昌州離此地不過十數時辰的路程，小生願意修書向鄧守備求援，借出白馬由貴寺師父送信到昌州，相信事情一定迎刃而解。」

禪師聽罷，道謝不已，又經書生一再提議，將此事立刻告知翰林夫人。老夫人對書生自然感激不盡，除了親自接見外，還請他在花園一旁的廂房住了下來。書生自信只要賊禍得解，他就可以順理成章地提親了。

兩天的光陰就在眾人的擔憂與書生的忽驚忽喜中度過。第三天晨曦之際，送信的和尚帶着一隊兵馬趕了回來。禪師把各人安頓下來，又為各人引見。此番守備雖是親自領兵而來，但書生的表親並未隨行，因此守備對他也不見得特別客套，倒是對老夫人異常恭敬，旦夕追隨在小樓左右，說是要確保胡家大小平安。

如此過了數天，寺外並不見有事發生，倒是小小寺院自從駐了官兵，諸事不便，光是士兵另起廚房，吃葷喝酒，已讓寺中僧侶暗暗皺眉嘆氣。另一方面，鄧守備每日在小樓進出，不免會碰上胡家小姐及丫鬟，這位守備大人不但不知退避，還經常藉故搭訕，然後打個哈哈說句

「一介武夫不知禮數，只知用兵退賊」，讓胡夫人也不好追究。

書生住在廂房，把這一切看在眼裏，明知道此守備對胡家小姐心存非份，卻又無法解決，只有怨自己引狼入室，而老夫人見眼下外是綠林、內有官兵，早已煩不過來，自然更未把書生放在心上。書生氣急敗壞，加上身體衰弱，竟然就急出病來了。

他這病可真病得不是時候，不但胡家老夫人為守備之事煩不勝煩，連寺中各僧眾也被駐守的官兵差來遣去，根本沒空注意到書生連日不出房門。如果不是跟隨小姐的丫鬟細心，發現書生一連幾頓飯都沒有出來吃，差人去請，那麼這位多情公子極可能就客死古寺了。也虧得這位丫鬟姐，不但送茶送粥，還差人下山配來老禪師開出的藥方，自己親自煎好送來，這樣一連數天，書生的病情倒日漸減輕了。

你道是因為老禪師脈理好，所以書生藥到病除嗎？其實書生之病，不過是心中鬱悶所致。本來以為借兵救美是提親捷徑，誰知胡家上下似是忘了有他這麼一個人，想着如意算盤完全打錯了，不免了無生趣。但丫鬟姐對他的細心照顧，卻使他想起前輩才子的豔遇過程——焉知不是胡家小姐示意她來充當紅娘之職呢？書生想到這裏，覺得自己有厚望焉，自然藥到病除了。

正在書生一心等候胡家小姐效法從前的「相國千金」

之際，胡小姐卻在自己閨房之中拿着筆，對着信箋發呆。近日以抗賊為名的守備不但經常無故在小姐閨房外流連，甚至隔門挑逗，令胡小姐不勝其煩。尤有甚者，守備見迂迴的政策並未竟功，竟然於當日清晨直截了當地向胡家老夫人提親，要娶胡小姐為繼室。如此迫婚，連胡老夫人也無法應付了。

那麼胡小姐現在修書是為了向我們的多情書生求援嗎？只見她長嘆一聲，執起筆如行雲流水地寫好一封信，交給在旁守候的丫鬟姐，吩咐她「一切小心」。丫鬟把書信藏在身上，走出房門，卻不是往書生所居的廂房，而是無聲無息地往古寺後門走去。她此行到底目的何在呢？我們只有拭目以待。

卻說丫鬟姐外出不久，胡小姐也步出閨房，移步往胡老夫人的起坐間，隨後我們只見老夫人把隨身媽媽們都打發出去，關起門來，二人說話，我們只聽到斷斷續續的片斷：「原來你仍在跟他往還⋯⋯如此不孝。」

「⋯⋯女兒終身幸福⋯⋯本來打算伴着娘親終老，不敢違背爹爹訓示⋯⋯環境如此，盼娘體諒⋯⋯女兒自然立刻回鄉拜見娘親⋯⋯」

「我真不想逆你父親的意思行事⋯⋯那位守備的為人也真是太⋯⋯」

「娘，也許這正是天意。除此之外，我們再無他法了⋯⋯」

不知過了多久，胡家小姐推門而出，一邊走一邊拭去

眼角淚痕,回到自己閨房,而同時在老夫人房中傳來陣陣
嘆息之聲。接着,老夫人差一名媽媽送了一個沉重的小包
袱到胡小姐房中,然後一切沉寂了。

　　是夜晚飯之後,明月當空,書生大病初癒,臨窗賞
月,看見滿牆花影,心中一動,禁不住步出房門,向着胡
家小姐所居的小樓信步走去。胡小姐的閨房漆黑一片,並
無任何聲響。書生訕訕地正覺無聊,忽然聽到不遠處傳來
「吱呀」之聲,他好奇地往前走去,竟見到丫鬟姐打開了
古寺後門,而胡小姐正與一名俠士打扮的青年攜手離去。
　　書生看在眼中,驚震之情不能自已,衝口而出叫道:
「小姐!」
　　青年、小姐與丫鬟聽到此聲呼喚,頓時一愕,接着青
年與胡家小姐急步走出了寺門,消失於黑暗之中,而丫鬟
則低喊:「公子噤聲!」並向着書生走來。
　　丫鬟拉着書生,直走回他所住的廂房,關上門後,細
聽四下無人,才輕聲向書生道:「小姐與朱相公竹馬青
梅,如非老爺生前極力反對,他們早已成親了。此番老夫
人帶着一家大小還鄉,朱相公怕咱們老弱婦孺途中有失,
所以暗中同行保護,誰知公子誤會,平白招來這好些官
兵,對小姐諸多不敬,還強權迫婚,小姐迫不得已,只好
隨朱相公回鄉暫避。小姐此番出走,是先徵得老夫人同意
的。公子當初一番好意,卻為咱們惹來這等煩惱,也是始
料不及。」
　　書生聽罷,知道自己當初救美提親的想法全屬虛妄,

胡家小姐原來從未把他放在眼內，竟然也沒有怎麼失望或惆悵的感覺。忽然想到胡小姐既去，丫鬟姐自然得追隨侍候，心中一酸，竟然忘情地抓起丫鬟的手問道：「姐姐也要隨着他們兩位出走嗎？那麼我們後會何期呢？」

丫鬟滿臉通紅，卻沒有把手抽回，只是低頭輕聲說：「本來是要走的，但碰上公子，現在走不成了。」

古寺本來自古就有故事，而才子書生們始料不及的，只是每個故事都有不同的結局罷了。

後花園贈金

滿腹才華的公子落難，富家小姐後花園贈金，及後公子
高中狀元，衣錦還鄉，才子佳人大團圓結局。

這是傳統式的「後花園贈金」，從古代傳奇到二十
世紀五、六十年代的粵語長片都有不少例子，大家一定
耳熟能詳了。大抵傳統公式裏的小姐、公子們都是有了
愛情就熱昏了頭腦，我在這兒要寫的則是兩個「嚴肅認
真思考」的個案，因此略有不同。

***

一段紅瓦青磚牆，截斷了碧桃垂柳相間的幽巷。抬頭
看去，可以窺見圍牆後面深院大宅燈昏人寂，一角飛簷托
着團圓的明月，偶爾一雙燕子低低飛過，真似是圖畫一
般。就在此時，圍牆一角那兩扇紅色木門「呀」然一聲，
開了一縫，卻又不見有人走出來。這到底是怎麼回事呢？

說故事的人可以無所不在，全知全能，那麼我們乾脆
先看看圍牆後面到底是甚麼葫蘆，賣甚麼藥吧。

卻原來這是大宅的後花園，園中石桌上放了數色果品，還有寶鼎檀香，旁邊一個小几上是一柄古琴，一望而知乃是燒香拜月的擺設。石桌旁一名素衣女子倚樹而立，舉首望月，似有無限寄意；另一丫鬟衣著的紅衣少女站在門邊，從門縫往外張望，頗有急躁之色。忽然聽到外面敲過了二更，紅衣丫鬟轉身回來，低聲道：「小姐，時辰到了。」

　　素衣女子回過頭來，一張鵝蛋臉兒，雖然說不上是天人之姿，可也絕對稱得上是世間美女，只是眼角眉梢，頗見聰明外露，而溫婉柔弱之氣，略嫌不足。但見她走到石桌前翩然下跪，雙手合十，垂目低眉，頗有點出塵的氣派。

　　就在此時，木門推開了，一名儒生打扮的少年無聲無息地走進來。丫鬟迎上前行個萬福，邊說：「朱公子有禮。我家小姐守候多時了，現在正為公子上香求福，希望公子金榜名題呢。」

　　朱公子進得門來，早已看見對月祝禱的小姐，此刻立即急步上前，深深下拜，口中道：「小生何能何德，獲小姐如斯眷顧，實在無以為報。他日小生倘真能蟾宮折桂，定不負小姐厚愛。」

　　小姐在丫鬟摻扶下站了起來，盈盈回拜，抬起頭來，面帶幾分憂鬱，低聲答道：「公子才高八斗，學富五車，此番赴考，必獲當今聖上賞識，朝廷重用。蕙蘭乃蒲柳之姿，雖云出身宦戶，然先父早逝，當世高門望第，久不交往，村野鄉居，識見淺薄，唯亦知公子高才，不應埋沒

於草野。蕙蘭得公子引為知己，已是萬幸，斷不敢期君許諾；正因公子有相如詩賦之才，蕙蘭怕惹文君白頭之嘆。」

話說至此，蕙蘭小姐拿起素白手絹，輕拭淚影。朱公子雖興起憐香惜玉之心，但亦深知授受不親之禮，未敢攜素手，訴衷情，只好長揖至地，情懇詞切地說：「小姐此言，竟置小生於何地？小姐所期盼者，亦小生所願也。小姐對小生恩深義重，小生焉有不知不報之理？」

丫鬟大概覺得此刻的氣氛太緊張了一點，於是走上前站在二人之間，巧笑道：「小姐與公子既是相知，又何用猜疑誓旦呢？公子日內就要上京赴考了，小姐何不敬公子一杯，以壯行色？」說着，在石桌上拿起一個小酒杯，遞與小姐，小姐接過，再親手遞與書生。書生舉杯稱謝，一飲而盡。

此時丫鬟又從石桌上拿起一個小包袱，送到書生跟前。蕙蘭小姐纖手放在包袱之上，如水秋波凝視着朱公子，面上泛起紅暈，輕聲道：「區區小數，萬望公子不棄，體諒此乃蕙蘭一番心意。」

書生接過包袱，深深一拜道：「小生此去，定當不忘小姐恩典。大恩不言謝，小生只盼跟小姐早日有再會之期。」說着，從衣袖中拿出一隻玉蝴蝶，雙手遞與小姐，說道：「小生雖然一貧如洗，但先母臨終遺下這隻玉蝶，小生於最困苦之時亦未敢變賣，今日臨別，希望小姐不棄，留為紀念。」

小姐瞅着書生，默然不語，只是接過玉蝴蝶藏於袖

中。此時小巷外傳來擊鼓之聲，丫鬟於是走上前來，扶着小姐道：「公子，時間不早了，若公子久留，怕有不便。」

書生面露惆悵之色，唯亦知丫鬟所言極是，只得向小姐再拜，説幾句「保重」、「勿念」的話，然後轉身欲去。書生走到門邊，忽然聽到小姐低喚一聲「公子」，回過頭來，只見小姐在石桌上拿起一把利剪，往古琴上一伸，兩條琴弦「錚錚」應聲而斷。

小姐哽咽地説：「一日知音不返，蕙蘭一日不再彈琴了。」

書生大受感動，長嘆一聲，又怕再趨前安慰會更英雄氣短，只好遙遙一拜，轉身開門而去，臨去時似乎還聽到蕙蘭小姐低泣之聲。

卻説書生離去後不久，大宅裏突然有數人提着燈籠出來。丫鬟對小姐説：「夫人來了！」

奇怪的是，小姐毫無懼色，竟然還迎上前去，笑着向夫人請安。

老夫人雖然滿頭花髮，但一望而知精明幹練，只聽她開口説話便覺是毫不含糊：「蕙蘭，剛才這一位你送了多少？」

小姐仍未會意，丫鬟代她回答道：「是黃金三十兩。」眼見夫人臉上有不悦之色，丫鬟又補充説：「小姐覺得朱公子才氣過人，而且上無父母，下無兄弟，他日果真高中，成親之後，朱公子不但會一心對小姐，自然也會

一心孝敬夫人，因此小姐才會吩咐奴婢加了黃金十兩。」

夫人嘆了一口氣，點頭道：「女兒的心事，難道做娘親的不明白嗎？你從小做事就有分寸，我沒有不放心的。只是咱們家這兩年大不如前了，咱們這月來幾乎每晚都贈金與上京赴考的相公們，或則黃金二十兩，或則白銀五十兩，加起來數目實在不小，所以我才提醒你兩句。」

小姐道：「娘，您放心，女兒既然挑了這條路，就是要藉此重振我們的家聲，不要讓人說爹爹死後無子，我們就家道中落。假使爹爹尚在堂上，婚配自然遵從父母之命；今日後園贈金，其實是娘的主意，如果其中一位公子真的高中歸來，那麼女兒的婚事也就是奉娘之命而成就的，於禮教家法並無違背。女兒從小飽承庭訓，決不會讓娘失望的。」

夫人聽了，點頭道：「你說出這樣的話，娘就放心了。天寒露冷，你們還要在園中等候，要小心着涼。」接着又吩咐丫鬟道：「琴弦快拿去續上吧。」

丫鬟應了一聲「是！」正要轉身入內，小姐卻把她喚回來，拿出袖中的玉蝴蝶，交與丫鬟道：「把這個也放進我們那『信物』箱子裏，別忘了貼上條子，寫明姓名年月和時辰。」

丫鬟笑道：「奴婢已存了幾十份表記，還用小姐吩咐嗎？」說着，陪同夫人走回大宅裏去。小姐則留在園中，指揮其他侍婢收拾妥當，以便等候下一名到訪者。

如是者蕙蘭小姐每晚贈金，或一人，或二、三人，直

後花園贈金

至科期將屆，應考的書生都已上路，她家的後園才算回復平靜。

老夫人傾盡家中財力，獲得贈金的書生竟有近百人，雖然人數不算太多，但她們已是盡了全力，餘下來可做的就只有等待了。

但老夫人與蕙蘭小姐不知道的，卻是其中一名書生到訪她們的後花園之後，並沒有上京赴試，而是往毗鄰幾個城鎮的大戶後花園逛了一圈，拜見過各地慷慨贈金的小姐，然後帶着書僮南下，投筆從商。

這位書生寧選「下品」而不博取功名，當然有他的道理：做官除了「名」之外，有甚麼比得上營商呢？俸祿不高不說，還要對上級打恭作揖，不巴結他怕一輩子就芝麻綠豆過了，巴結嘛又怕遇上一個絕不買賬的，不但得不到好處，還要丟了官賠上小命，怎比得上經營自家的生意，在家關上店門儼然君臨天下之勢，出外辦貨聯繫就可以遊山玩水，何等自在寫意？

我們故事裏都是好人，所以都該有好報。蕙蘭小姐衛護傳統，以反叛的形象來做保守的事業，而且事事安排精密，除了高中的那位書生外，別的人又沒臉回來找她，她自然可以安安穩穩地做個命婦。

至於那位前衛才子，飽學而不迂腐，要在商界創一番事業，簡直易如反掌。

所以說，這是一個各得其所的故事，是童話故事。